Les illustrateurs :
le premier jour
de chaque mois :
Jacques Duquennoy

l'automne :
Rémi Saillard

édition :
Sophie Giraud,
Françoise de Guibert
et Mathilde Rimaud
conception graphique :
Gérard Lo Monaco
et Laurence Moinot
maquette :
Pat Garet' associées
Couverture :
Marie Delafon

le printemps :
Kitty Crowther

l'hiver :
Isabelle
Chatelard

l'été :
Marie
Delafon

365 HISTOIRES

comptines et chansons

Le grand livre des petits

ALBIN MICHEL JEUNESSE

Vive la maîtresse !

2 SEPTEMBRE

Ballade à la lune

Alfred de Musset

C'était dans la nuit brune,
Sur le clocher jauni,
La lune, la lune,
Comme un point sur un i.

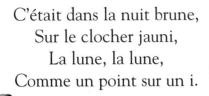

3 SEPTEMBRE

Les cornichons

Adaptation : Nino Ferrer

On est partis samedi
  dans une grosse voiture,
Faire tous ensemble
  un grand pique-nique
  dans la nature,
En emportant des paniers,
  des bouteilles, des paquets,
Et la radio !

Des cornichons,
De la moutarde,
Du pain, du beurre,
Des petits oignons,
Des confitures,
Et des œufs durs,
Des cornichons,
Des corned-beefs,
Et des biscottes,
Des macarons,
Un tire-bouchon,
Des petits-beurre,
Et de la bière,
Des cornichons.

On avait rien oublié,
  c'est maman qui a tout fait.
Elle avait travaillé
  trois jours sans s'arrêter,
Pour préparer les paniers,
  les bouteilles, les paquets,
Et la radio !

Le poulet froid,
La mayonnaise,
Le chocolat,
Les champignons,
Les ouvre-boîtes,
Et les tomates,
Les cornichons.

Mais quand on est arrivés,
  on a trouvé la pluie,
Ce qu'on avait oublié,
  c'était les parapluies.
On a ramené les paniers,
  les bouteilles, les paquets,
Et la radio !

On est rentrés
  Manger à la maison
Le fromage et les boîtes,
Les confitures et les cornichons,
La moutarde et le beurre,
La mayonnaise et les cornichons,
Le poulet, les biscottes,
Les œufs durs et puis les cornichons !

8

La photo ratée

Véronique M. Le Normand

Les photos de vacances étaient étalées sur la table et toute la famille regardait d'un seul œil.

– Regardez, dit Arthur, c'est moi sur Prince ! Quel cheval !

– Et là, c'est moi sur les épaules de papa, lança Capucine. Quand je m'étais foulée la cheville et qu'on s'était perdus sur les hauts plateaux.

– Et là, c'est nous en tandem, dirent en chœur Paul et Virginie. C'est fou ce qu'on est beaux pour des parents !

– Oh là là ! Vous êtes vantards surtout ! dit Capucine.

– C'est normal que vous soyez beaux, c'est moi qui ai pris la photo ! ajouta Arthur.

Basile ne disait rien. Un peu à l'écart, il rêvassait devant une photo représentant un muret en pierre sèche sur lequel on apercevait une sorte de touffe de poils. Il était le seul à reconnaître Babar, dit Babarounet, son compagnon de jeux. Celui avec qui il gambadait jusqu'à la cabane dans la forêt et avec qui il jouait au vieux berger, celui à qui il racontait des histoires, celui qu'il dorlotait comme une poupée, celui avec qui il n'avait

peur de rien et qu'il ne reverrait pas avant l'été prochain.

– Maman, tu n'as pas un petit cadre à me donner ? demanda Basile.

– Je rêve ! s'exclama Arthur, tu ne vas pas encadrer ça ? Il n'y a rien sur la photo.

– Je fais ce que je veux, dit Basile avec un sourire.

Et il partit installer la photo ratée sur sa table de chevet.

Ils étaient dix

Ils étaient dix dans le nid et le petit dit :
« Poussez-vous ! Poussez-vous ! »
Ils se poussèrent tous et un tomba du nid,
ils étaient neuf dans le nid et le petit dit :
« Poussez-vous ! Poussez-vous ! »
Ils se poussèrent tous et un tomba du nid,
ils étaient huit dans le nid...
et ainsi de suite jusqu'à :
Il était seul dans le nid et le petit dit :
« Ouf ! Enfin seul ! »

6 SEPTEMBRE

L'aventure de Zoé l'araignée

Marie-Christine Willy

Zoé, la petite araignée, est très occupée. Toute la journée, elle se balance au bout de sa toile. Un jour qu'elle se balance, elle s'élance et zouh ! le vent l'emporte très loin et très haut. Et voilà qu'elle tombe… Vite, à une branche elle s'accroche. Mais la branche bouge : Zoé s'est agrippée aux bois d'un cerf ! Les bois sont trop lisses et zip ! Zoé glisse. Un coup de vent, revoilà l'araignée dans les airs, pattes en l'air…

À une feuille d'automne, Zoé se cramponne. La feuille, légère, est emportée par le vent, très loin et très haut, avant de retomber. Zoé court un grave danger : elle va s'écraser !

Un oiseau avisé la rattrape en plein vol. Zoé se tisse une ceinture de sécurité. L'oiseau se pose, intéressé, mais il ne peut plus ouvrir son bec, bien fermé par la toile de Zoé. Il s'étonne de ne pouvoir croquer la petite araignée. Zoé en profite pour s'échapper et filer dans les herbes dorées. Ouf !

Soudain, les herbes s'agitent : Zoé s'est égarée dans la fourrure d'un renard. Ça secoue !

– Au secours ! crie Zoé qui s'élance à nouveau dans les airs.

Patatras ! Zoé retombe encore, mais cette fois… sur sa toile ! Ouf, quelle aventure pour une toute petite araignée !

– Je ferais mieux de tricoter, se dit Zoé, plutôt que de me balancer toute la journée au bout de ma toile !

Le gros pouce a vu un chaton

Jeu de doigts

On désigne chaque doigt de la main en les dépliant l'un après l'autre.

7 SEPTEMBR

Le gros pouce a vu un chaton
Celui-ci l'a entendu miauler
Celui-ci lui a couru après
Celui-ci l'a attrapé
Et le p'tit rikiki l'a caressé.

Il était une bergère

Il était une bergère
Et ron et ron, petit patapon
Il était une bergère
Qui gardait ses moutons
   Ron, ron
Qui gardait ses moutons.

Elle fit un fromage
Et ron et ron, petit patapon
Elle fit un fromage
Du lait de ses moutons
   Ron, ron
Du lait de ses moutons.

Le chat qui la regarde
Et ron et ron, petit patapon
Le chat qui la regarde
D'un petit air fripon
   Ron ron
D'un petit air fripon.

Si tu y mets la patte
Et ron et ron, petit patapon
Si tu y mets la patte,
Tu auras du bâton
   Ron ron
Tu auras du bâton.

Chiens et chats

Anne-Lise Fontan

Je lui tire les cheveux.
Elle répond d'un coup de pied.
Je la mords un petit peu.
Elle me cogne en plein nez.

Elle me griffe de l'index.
Je la coince par le cou.
Elle me pince les fesses.
Je lui écrase les genoux.

Et vlan ! je lui mets une beigne.
Elle me renvoie un marron.
Je riposte d'une châtaigne.
Elle m'assomme par un gnon !

Papa arrive, nous sépare, grondant :
« Vous n'avez pas honte ? »
C'est pour rire, cette bagarre,
mais il ne s'en rend pas compte.

Frère et sœur, chien et chat,
on se dispute tout de go
on se frappe et on se bat,
mais c'est toujours pour de faux !

Pomme de reinette et pomme d'api

Pomme de reinette et pomme d'api,
  Petit api rouge
Pomme de reinette et pomme d'api,
  Petit api gris.

Pour elle aussi, c'est la rentrée !

Hubert Ben Kemoun

Cette nuit, maman n'a pas dormi.

C'est elle qui me l'a dit ce matin, au petit déjeuner. Elle me regardait plonger ma cuillère dans mon bol de céréales, elle m'a expliqué qu'elle n'arrêtait pas de penser à ma rentrée.

– Moi aussi, j'y ai beaucoup pensé ! J'ai hâte de retrouver mes copines

– Je comprends… a-t-elle soupiré. Ensuite, elle m'a demandé au moins pour la douzième fois si je ne voulais pas une autre tartine de confiture.

– Ne sois pas inquiète, maman. Tu verras, tout se passera bien ! ai-je dit pour la rassurer.

– J'en suis sûre, ma chérie, mais tu vas me manquer… a-t-elle dit d'une voix sourde.

– Ce n'est pas ma première rentrée des classes ! Allez, tu m'aides à m'habiller ?

Dans ma chambre, elle ne trouvait plus rien. Pourtant, nous avions préparé mes vêtements hier soir. Des habits neufs pour une nouvelle année. Ils étaient bien pliés sur ma chaise à côté de mon petit cartable.

– Tu es belle comme un cœur ! Tu ne pleureras pas, n'est-ce pas ? Tu es une grande maintenant !

– Et pourquoi je pleurerai ? Au contraire, il y aura Gaëlle, Naram, Marie ! On est dans la même classe. Ça va être super ! ai-je dit en dévalant joyeusement l'escalier.

J'ai ajouté : « Toi non plus, tu ne pleureras pas ? » Elle ne m'a rien répondu.

Sur le perron de la maison, elle a tenu à me prendre en photo avec mes habits neufs et mon cartable. À mon tour, je l'ai prise devant la porte de chez nous. Elle a fait un peu semblant de sourire, mais je sentais bien qu'elle était triste. Pour elle aussi, c'était la rentrée.

La rue sentait encore l'été. Tout souriait autour de nous. Le soleil, les arbres et aussi la boulangère qui embrassait son Nicolas. Tout souriait, sauf maman. Elle serrait ma main très fort. De plus en plus fort alors que nous approchions de la grille.

Naram m'a fait un grand signe et Gaëlle m'a vue avant que je ne l'aperçoive. Si Marie n'est pas venue me retrouver tout de suite, c'est parce qu'elle était occupée à rassurer son papa qui avait l'air aussi inquiet que maman.

– Tu sais, il va falloir que j'y aille, ai-je dit à ma mère en l'embrassant.

Je sentais qu'elle aurait voulu rester encore mais notre nouvelle maîtresse arrivait.

« Mademoiselle Lydie ! » s'est-elle présentée.

Elle aussi souriait, mais mieux que les arbres et le soleil. Avec les mots qu'il faut, elle a expliqué à tous les adultes que la classe allait commencer.

Gentiment, elle a guidé nos parents vers le portail.

Alors, j'ai envoyé un énorme baiser à maman qui ne pouvait détacher son regard de Naram, Gaëlle, Marie et moi.

Un baiser papillon qui traverse les murs et saute par-dessus les portails et les maîtresses.

Un baiser pour qu'elle ne soit pas inquiète. Un baiser immense parce que, même si j'étais très heureuse, moi aussi je savais qu'elle allait me manquer.

Un baiser qui garderait du goût pour toute notre journée, jusqu'à ce soir, quand elle viendrait me chercher et que j'aurais tant de choses à lui raconter.

12 SEPTEMBRE

Ne...

André Spire

Quand je valais quelque chose,
Digue, digue, digue ;
Quand je valais quelque chose,

Ne touche pas au feu,
Me disait le grand-oncle ;

N'ouvre pas cette armoire,
Me disait la servante ;

N'approche pas du puits,
Me disait la grand-mère ;

Ne marche pas si vite,
Tu te mettras en nage ;

Ne cause pas en route,
Ne regarde pas en l'air ;

Ne regarde pas à droite,
Il y a la fleuriste ;

Ne regarde pas à gauche,
Il y a le libraire ;

Ne passe pas la rivière,
Ne monte pas la colline,
N'entre pas dans le bois.

Moi, j'ai pris mon chapeau
En éclatant de rire,
Mon manteau mon bâton
En chantant : digue, digue !

La rivière, la colline,
Les grands bois, digue, digue,
Digue, digue, les beaux yeux,
Et digue, digue, les livres !

Passe, passera

Chanson pour jouer

Deux enfants forment une arche avec leurs bras et la ronde passe dessous. À la fin du couplet, ils baissent les bras : le prisonnier s'accroche derrière l'un des deux. Quand tous les enfants sont répartis, les deux chaînes formées tirent chacune dans un sens.

13 SEPTEMBRE

Passe, passe, passera
La dernière, la dernière
Passe, passe, passera,
La dernière restera.
Qu'est-ce qu'elle a donc fait,
La petite hirondelle ?

Elle nous a volé
Trois petits grains de blé.
Nous l'attraperons,
La petite hirondelle,
Nous lui donnerons
Trois petits coups de bâton.

Les pirates

Paroles et musique : Boris Vian

Y en a qui deviennent sergents
Ou marchands de peinture
Y en a qui vendent des cure-dents
Ou de grosses voitures
Y en a qui restent tout le temps
Enfermés comme des patates
Mais moi quand je serai grand
Je serai pirate.

Les pirates ont des frégates
Des sabres pointus et pas de cravate
Les pirates ont du poil aux pattes
Et une tête de mort sur les omoplates
Les pirates ont des jambes de bois
Et de gros saphirs luisent à leurs doigts
Les pirates ont des nez vermeils
Et des anneaux d'or pendus aux oreilles
Ils vont sur la mer par bon vent arrière
Et montent à l'abordage avec des cris sauvages
Tuent les matelots, flanquent les corps à l'eau
Et prennent les gonzesses pour leur pincer les fesses
Les pirates ont de gros mousquets
Des tonneaux de poudre et des perroquets
Les pirates sont borgnes d'un œil
Et leur pauvre mère est toujours en deuil.

La maison sens dessus dessous

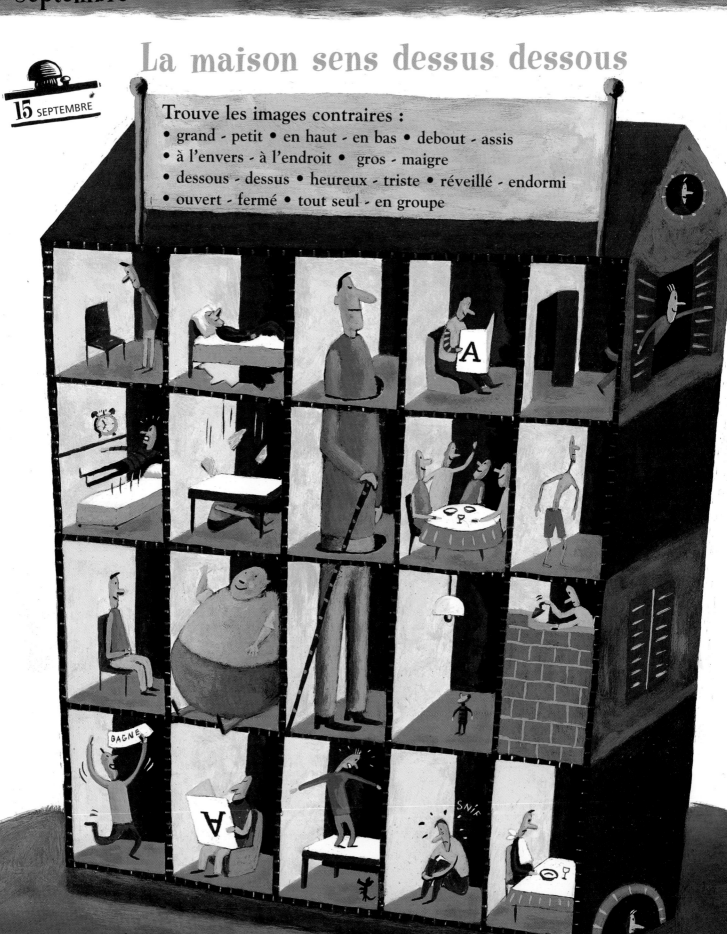

15 SEPTEMBRE

Trouve les images contraires :
- grand - petit • en haut - en bas • debout - assis
- à l'envers - à l'endroit • gros - maigre
- dessous - dessus • heureux - triste • réveillé - endormi
- ouvert - fermé • tout seul - en groupe

Promenons-nous dans les bois

Refrain
Promenons-nous dans les bois
Pendant que le loup n'y est pas.
Si le loup y était,
Il nous mangerait,
Mais comme il n'y est pas,
Il nous mangera pas.
Loup, y es-tu ?
Que fais-tu ?
Entends-tu ?

Celui qui joue le loup :
– Je mets ma chemise !

Refrain
La réponse change à chaque fois :
– Je mets ma veste !
– Je mets mes chaussettes !
– Je mets mes bottes !
– Je mets mon chapeau !
etc.

– Je prends mon fusil !
– Et j'arrive pour vous manger !

Loup, loup, y es-tu ?

Nathalie Naud

Loup, loup y es-tu ?
Non, je n'y suis pas.
Je grignote du chocolat,
de la crème et du nougat.
Loup, loup y es-tu ?
Non, je n'y suis pas.
Je plie et replie mes draps
repasse mon linge et range mes bas.
Loup, loup y es-tu ?
Non, je n'y suis pas.
Je me lave de haut en bas
pour sentir le lilas.
Loup, loup y es-tu ?
Non, je n'y suis pas.
Je cherche mon pyjama
et je ne le trouve pas.
Loup, loup y es-tu ?
Loup, loup y es-tu ?
Mais le loup ne répond plus.
Dans son lit s'est couché nu,
Son pyjama ne l'a pas vu,
S'est endormi telle une massue
Et les enfants désappointés
Sur le loup se sont jetés
Et en entier l'ont dévoré.

Mes petites mains tapent

Comptine à mimer

Mes petites mains tapent, tapent,
Elles tapent en haut
Elles tapent en bas
Elles tapent par-ci
Elles tapent par-là

Mes petites mains frottent, frottent
Mes petites mains tournent, tournent
Mes petites mains tournent, tournent bien.

Les petites bottines vertes

Walter Bendix

Une petite paire de bottines vertes traînait depuis des mois dans sa boîte en carton, parmi des milliers d'autres boîtes, toutes pareilles. Une bottine gauche, une bottine droite, un peu passées de mode. Mais si tristes dans leur grande boîte sombre, avec une paire de lacets verts pour seule compagnie. Les deux petites bottines vertes n'espéraient qu'une chose : quitter leur boîte pour chausser les pieds menus d'un enfant.

Un jour, dans un rayon de lumière, le couvercle se leva sur le visage émerveillé d'une petite fille.
– C'est la plus belle chose que j'ai vue de ma vie de bottine, dit la bottine gauche.
– Pourvu qu'on lui plaise ! répondit la bottine droite.

Autour de la petite fille, le sol était jonché de boîtes à chaussures. Chaque boîte s'ouvrait sur de pures merveilles : des mocassins, des ballerines, des sandalettes à boucles dorées… Des merveilles que la petite fille avait rejetées comme de vieilles pantoufles.

Devant ce spectacle, les deux petites bottines vertes verdirent davantage.
– Tu as vu toutes ces chaussures qu'elle a refusées ? dit la bottine gauche.
– Pourvu qu'on lui plaise ! répondit la bottine droite.

La vendeuse sortit les petites bottines de leur boîte et enfila les lacets verts. Comme elles étaient jolies ! On eût dit de petites princesses enrubannées.

À l'aide d'un chausse-pied, la vendeuse passa les bottines aux pieds de la fillette. Deux petits pieds irrésistibles qu'il faudrait protéger du froid, de la pluie, des coups et des cailloux. Les bottines étaient aussi excitées l'une que l'autre.
– Comme on est bien ! dit la bottine gauche.
– Pourvu qu'on lui plaise ! répondit la bottine droite.
Chaussée de ses nouvelles bottines, la petite fille fit quelques pas sur la moquette et se regarda dans le miroir.
– Tu es sûre que tu es bien dans ces souliers ? demanda la maman.

– Oh oui ! j'en suis sûre, maman,
répondit la petite fille.
La vendeuse appuya sur le bout du soulier gauche.
Ouf ! l'orteil de la petite fille ne touchait pas le fond.

– Et la couleur verte te plaît ?
– Oh oui ! maman, j'adore.
– Tu entends, elle adore, dit
la bottine gauche.
– Pourvu qu'elle nous prenne !
répondit la bottine droite.

– Bon, nous les prenons, dit la maman.
– Oh ! merci, maman, dit la fillette.
– Merci, merci, dit la bottine gauche.
– Pourvu qu'elle nous garde longtemps !
dit la bottine droite.

La petite fille garda longtemps ses
petites bottines vertes. Ensemble, elles
traversèrent l'automne venteux
et l'hiver boueux, mais ça, c'est
une autre histoire.

Le bal des souris

20 SEPTEMBRE

Dans un salon, tout près d'ici,
Dans un salon tout près d'ici
L'y a-t-une société de souris
Gentil coquiqui, coco des moustaches
Mirbojoli, gentil coquiqui.

L'y a-t-une société de souris
Qui vont au bal toute la nuit,
Gentil coquiqui, *etc.*

Qui vont au bal toute la nuit,
Au bal et à la comédie,
Gentil coquiqui, *etc.*

Au bal et à la comédie,
Le chat sauta sur les souris,
Gentil coquiqui, *etc.*

Le chat sauta sur les souris,
Il les croqua toute la nuit,
Gentil coquiqui, *etc.*

Il les croqua toute la nuit,
Le lendemain tout fut fini,
Gentil coquiqui, coco des moustaches
Mirbojoli, gentil coquiqui.

L'automne

22 SEPTEMBRE

Maurice Carême

L'automne au coin du bois
Joue de l'harmonica.
Quelle joie chez les feuilles !
Elles valsent au bras

Du vent qui les emporte.
On dit qu'elles sont mortes,
Mais personne n'y croit.
L'automne au coin du bois
Joue de l'harmonica.

Le petit ver tout nu

21 SEPTEMBRE

Qui a vu
dans la nue
tout menu
le petit ver
de terre
qui a vu
dans la nue
tout menu
le petit ver
tout nu
C'est la grue
qui a vu
dans la nue
le petit ver
de terre
c'est la grue
qui a vu
dans la nue
le petit ver
tout nu
Et la grue
a voulu
manger cru
le petit ver
de terre
et la grue

a voulu
manger cru
le petit ver
tout nu
Sous un
chou
bien feuillu
a disparu
le petit ver
de terre
sous un
chou
bien feuillu
a disparu
le petit ver
tout nu
Et la grue
n'a pas pu
manger cru
le petit ver
de terre
et la grue
n'a pas pu
manger cru
le petit ver
tout nu

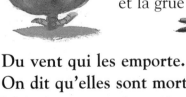

La tête à l'envers

Sylvaine Hinglais

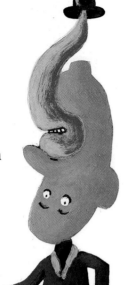

Si le pôle Sud
Était au Nord
Les étoiles
Changeraient de nom
Et les oiseaux
De direction
On dormirait
Les pieds
À la place de la tête
Et l'on mangerait
Sa soupe
À la fourchette

La pendule

René de Obaldia

La pendule
Fabrique des virgules.

Et moi dans tout cha ?
Et moi dans tout cha ?

Moi, ze ne bouze pas
Sur la langue z'ai un chat.

Pluie

Robert Louis Stevenson

Tout alentour tombe la pluie,
Sur les arbres, les champs d'ici,
Sur tous les parapluies ouverts
Et les bateaux qui sont en mer.

Le sabot de ma jument

Le sabot de ma jument,
pan, patapan, patapan,
va plus vite que le vent,
pan, patapan, patapan !

Et s'il trotte dans la boue,
broum, badabou, badabou,
le sabot de ma jument
va plus vite que le vent !

Quand il traverse les flaques,
flic, flac, flic, flac,
le sabot de ma jument
va plus vite que le vent !

Est-il sabot plus charmant,
pan, patapan, patapan,
que celui de ma jument ?
Pan, patapan, patapan !

21

La maîtresse

Hélène Riff

Ce matin-là, on était rassemblés autour de la cage. La maîtresse a dit qu'on allait respecter une minute de silence pour observer attentivement Babagie et qu'on le dessinerait de mémoire après. Mais un hamster roulé en boule, *hop-hop*, *facile à retenir*, en deux secondes tout le monde avait fini de regarder. La minute était longue. Mireille, le doigt levé depuis tout à l'heure pour poser une question, a fini par abandonner la question pour ramasser quelque chose de tout petit par terre, une gouttelette noire qui glissait dans sa paume : une fourmi.

« Pose-la là », j'ai dit tout bas à Mireille, en montrant la malléole de la maîtresse.

« Bon, a déclaré la maîtresse. Maintenant, vous allez regagner votre place… »

Mais la fourmi s'est mise à remonter la jambe à toute vitesse, a passé le genou et, tête baissée, on l'a tous vu disparaître… sous la jupe de notre maîtresse ! Mince. La maîtresse a stoppé net en plein milieu de son geste. Et maintenant ça doit faire plusieurs minutes qu'elle se tient là, toute droite devant nous, parfaitement immobile.

Samia regardait sa montre, mais elle ne sait pas encore lire l'heure. Personne ne sait encore lire l'heure dans la classe. Babagie dormait toujours, la fourmi ne donnait aucun signe de vie et la classe d'à côté était partie en classe de neige. Notre maîtresse était comme morte. On était dans de beaux draps.

« Hourra ! » a crié Rose. On apercevait un point brillant couler là-haut dans ses cheveux noirs jusqu'à apparaître sur la joue : la fourmi ! La fourmi a longé l'oreille, et, comme si elle connaissait la route par cœur, elle est allée directement au nez, mais, au dernier moment, elle a rebroussé chemin à toute vitesse. Et *pof*, un morceau de la maîtresse est tombé.

Ouf, c'était les lunettes. Aldo les a remises en place, mais elles glissaient sur le nez de la maîtresse, comme si ça n'était plus la bonne pente. « Oh, y a une moustache. Venez voir, la maîtresse a une moustache. » On a fait un roulement pour tenir les lunettes. Étienne a eu l'idée de les fixer avec un bout de scotch. Ça alors ! la maîtresse avait vraiment une moustache, une minuscule moustache à la lisière du nez, extrêmement fine, exactement de la même couleur, exactement de la même épaisseur que... la fourrure de Babagie !

« *Genou* ! » s'est écrié Aldo. Vite, on a filé à nos places, tandis que la fourmi disparaissait par le talon dans l'ombre du carrelage. « Allez, vous pouvez commencer à dessiner », a dit la maîtresse. Ça s'est passé le 27 septembre 1979.

On n'a jamais revu la fourmi.

28 SEPTEMBRE

Il était une fois

Il était une fois
Une marchande de foie
Qui vendait du foie
Dans la ville de Foix.
Elle se dit : Ma foi,
C'est la dernière fois
Que je vends du foie
Dans la ville de Foix.

29 SEPTEMBRE

Meunier, tu dors

Chanson à mimer

On mime tour à tour le meunier qui dort
et le moulin qui tourne de plus en plus vite.

Meunier, tu dors,
Ton moulin, ton moulin
Va trop vite.
Meunier, tu dors,
Ton moulin, ton moulin
Va trop fort.
Ton moulin, ton moulin
Va trop vite,
Ton moulin, ton moulin
Va trop fort.

Au lit, Chloé !

Arnaud Alméras

30 SEPTEMBRE

À chaque fois que des invités viennent à la maison, c'est la même chose. Chloé est tout excitée. Pour aider sa maman, elle a posé les bougeoirs bleus sur la table et maintenant, pour s'occuper, elle grignote des gâteaux d'apéritif en cachette…
Les voilà enfin ! Chloé saute au cou de tante Claire et de Xavier, son amoureux. Elle ne tient plus en place. Elle court, saute sur le canapé, bondit sur les genoux de Xavier et voudrait essayer tous les bijoux de Claire.

Au moment de passer à table, son papa lui dit :
– Ma puce, tu fais un baiser aux invités et je monte te coucher.
Une histoire, un doudou, un bisou, et Chloé est couchée...
Mais cinq minutes plus tard, Chloé apparaît dans le salon. Elle chuchote à l'oreille de sa maman qui soupire :
– Bon d'accord, tu fais un dernier baiser aux invités et ensuite tu files !
Deux bisous, un doudou, et Chloé est couchée...
Trois minutes plus tard, on entend une petite voix dans l'escalier :
– J'arrive pas à dormir...
Le papa de Chloé se fâche :
– Écoute, ça suffit ! J'ai laissé la lumière sur le palier et ta porte est entrouverte. Maintenant, tu dors !
C'est alors que tante Claire se lève :
– Je vais aller la recoucher. Avec moi, ça marchera mieux.

Elle prend Chloé par la main :
– Viens, on va se faire un gros câlin et tu vas t'endormir...

Au bout d'un quart d'heure, Claire n'est toujours pas redescendue.
– Je vais aller voir ce qui se passe, propose Xavier.
Mais à ce moment-là, Chloé réapparaît dans le salon. Son papa ouvre des yeux ronds :
– Mais... tu ne dors toujours pas ?
– J'y arrive pas, répond Chloé avec une toute petite voix. Tante Claire s'est endormie à côté de moi et elle prend toute la place !

25

1ER OCTOBRE

La nuit des citrouilles

Nous n'irons plus au bois

Chanson enchaînée

Nous n'irons plus au bois,
Les lauriers sont coupés,
La belle que voilà
Ira les ramasser.

Refrain
Entrez dans la danse,
Voyez comme on danse,
Sautez, dansez,
Embrassez qui vous voudrez.

La belle que voilà
Ira les ramasser,
Mais les lauriers du bois,
Les laisserons-nous couper ?

Non, chacune à son tour
Ira les ramasser.

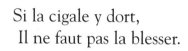
Si la cigale y dort,
Il ne faut pas la blesser.

Le chant du rossignol
Viendra la réveiller.

Et aussi la fauvette
Avec son doux gosier.

Et Jeanne la bergère
Avec son blanc panier.

Allant cueillir la fraise
Et la fleur d'églantier.

Cigale, ma cigale,
Allons, il faut chanter.

Car les lauriers du bois
Sont déjà repoussés.

La girafe

Madeleine Ley

Je voudrais une girafe
aussi haute que la maison,
avec deux petites cornes
et des sabots bien cirés.
Je voudrais une girafe
pour entrer sans escalier
par la lucarne du grenier.

Fais dodo, Colas mon petit frère

Fais dodo, Colas mon petit frère
Fais dodo, t'auras du lolo.
Maman est en haut
Qui fait du gâteau,
Papa est en bas
Qui fait du chocolat.
Fais dodo, Colas mon petit frère,
Fais dodo, t'auras du lolo.

27

Dame Tartine

5 OCTOBRE

Il était une Dame Tartine,
Dans un beau palais de beurre frais.
Les murailles étaient de praline,
Le parquet était de croquets.
La chambre à coucher
Était d'échaudés.
Son lit de biscuits,
C'est fort bon la nuit.

Quand elle s'en allait à la ville,
Elle avait un petit bonnet.
Les rubans étaient de pastille,
Le fond était de raisiné.
Sa petite carriole
Était de croquignole ;
Ses petits chevaux
Étaient de pâtés chauds.

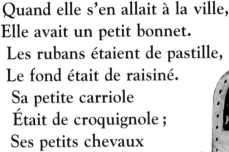

Elle épousa monsieur Gimblette,
Coiffé d'un beau fromage blanc,
Dont les bords étaient de galette ;
Son habit était de vol-au-vent,
Culotte en nougat,
Gilet de chocolat,
Bas de caramel
Et souliers de miel.

Leur fille, la belle Charlotte,
Avait un nez de massepain,
De superbes dents de compote,
Des oreilles de craquelin ;
Je la vois garnir
Sa robe de plaisirs
Avec un rouleau
De pâte d'abricot.

6 OCTOBRE

Un éléphant se balançait

Un éléphant se balançait sur une toile,
toile d'araignée
Et il trouvait ce jeu tellement amusant
Qu'il appela un deuxième éléphant.

Deux éléphants se balançaient sur une
toile, toile d'araignée
Et ils trouvaient ce jeu tellement amusant
Qu'ils appelèrent un troisième éléphant…

etc.

7 OCTOBRE

Qui va à la chasse…

Qui va à la chasse
Perd sa place
Qui revient
Trouve un chien
Le chasse
Et prend sa place.

Kiki la cocotte

Un jour Kiki la cocotte
demande à Coco le concasseur de cacao
de lui offrir un caraco kaki avec un col de caracul.
Coco le concasseur de cacao
voulut bien offrir à Kiki la cocotte
le caraco kaki mais
sans col de caracul !
Or vint un coquin dont les quinquets
conquirent le cœur de Kiki la cocotte.
Il offrit à Kiki la cocotte le caraco kaki avec le col de caracul !
Conclusion : Coco le concasseur de cacao fut cocu !

Dans la forêt lointaine
Canon

Dans la forêt lointaine,
On entend le coucou.
Du haut de son grand chêne
Il répond au hibou :
Coucou, hibou,
Coucou, hibou,
Coucou, hibou, coucou.

Le rayon de lune
Guy de Maupassant

Sais-tu qui je suis ? – Le rayon de lune.
Sais-tu d'où je viens ? – Regarde là-haut.
Ma mère est brillante, et la nuit est brune ;
Je rampe sur l'arbre et glisse sous l'eau.
Je m'étends sur l'herbe et cours sur la dune.

11 OCTOBRE

Mon grand frère

Véronique M. Le Normand

Mon grand frère se lève et s'habille tout seul.
Il sait lacer ses chaussures, et il ne fait pas pipi au lit.
Souvent, il crie :
« Je m'appelle Victor, je suis grand et fort.
Tu t'appelles Rémi, tu es tout petit. »

Mon grand frère n'a peur de rien.
L'autre jour, on est descendu à la cave.
Il faisait noir, et Victor a dit :
« Je crois qu'il y a un loup ici. »
J'ai pleuré, il a ri.

Mon grand frère a des copains.
Ils s'appellent Arthur et Adrien.
Dans le jardin, ils jouent aux Indiens.
J'aimerais bien cavaler avec eux.
Mais Victor me dit : « Tu es trop petit,
tu dois rester assis sous le tipi. »

Mon grand frère sait lire et écrire.
Le soir avant de m'endormir,
il m'apprend des chansons et des mots nouveaux
comme chat en l'air qui pète, charipipi chez les souris.
C'est très rigolo.

Mon grand frère me défend.
Quand un moyen de la classe des moyens
m'a volé mon sac de billes,
Victor l'a attrapé par le bras
et l'a traité de sacacaca
devant toutes les filles.

Mon grand frère joue au chien avec moi.
Je marche à quatre pattes autour du jardin.
Puis il m'attache au grand sapin et il dit :
« Tu restes à la niche. »
Il me caresse et il part avec le voisin.
Des fois, j'aboie, il revient.

Mon grand frère sait compter.
Il a déjà perdu trois dents.
À chaque fois, la petite souris est passée
mettre une pièce sous son oreiller.
Maintenant il a trente francs pour acheter des bonbons.

Mon grand frère aime bien m'embêter.
Pour m'embêter il dit que le père Noël
n'existe pas. Ça me fait pleurer.
Mais aujourd'hui dans l'album, j'ai vu
une photo du père Noël avec Victor.

Mon grand frère est parti pour deux jours
chez mamie. D'abord je suis content,
j'ai maman pour moi tout seul,
après je m'ennuie.
Alors je joue avec sa collection
de petites voitures et je m'endors dans son lit.

Mon grand frère est un héros.
Quand mamie est tombée sur le dos,
il a couru chercher du secours
et grâce à lui, elle court toujours.
Je m'appelle Rémi et je suis petit.
Mon frère s'appelle Victor.
Il est grand et fort.
Un jour je serai plus grand que lui.

31

La pomme et l'escargot

Charles Vildrac

12 OCTOBRE

Dans la pomme à demi blette
L'escargot, comme un gros ver,
Rongea, creusa sa chambrette,
Afin d'y passer l'hiver.

– Pomme, pomme, etc.

– Ah ! mange-moi, dit la pomme,
Puisque c'est là mon destin ;
Par testament je te nomme
Héritier de mes pépins.

– Pomme, pomme, etc.

– Tu les mettras dans la terre,
Vers le mois de février,
Il en sortira, j'espère,
De jolis petits pommiers.

Il y avait une pomme
À la cime d'un pommier ;
Un grand coup de vent d'automne
La fit tomber sur le pré.

– Pomme, pomme, t'es-tu fait mal ?
– J'ai le menton en marmelade,
Le nez fendu et l'œil poché !

Elle roula, quel dommage !
Sur un petit escargot
Qui s'en allait au village
Sa demeure sur le dos.

– Pomme, pomme, t'es-tu fait mal ?
– J'ai le menton en marmelade,
Le nez fendu et l'œil poché !

– Ah ! stupide créature,
Gémit l'animal cornu,
T'as défoncé ma toiture
Et me voici faible et nu.

– Pomme, pomme, etc.

Le tutu de Lulu

Laurence Kleinberger

– Je veux faire de la danse et avoir un tutu rose ! dit Lulu à sa maman.

– Mais oui, plus tard, ma Lulu, répond maman. Va d'abord t'habiller pour le cours de piano.

Lulu, déçue, va voir son papa :

– Quand est-ce que je pourrais faire de la danse et avoir un tutu rose ?

– Je ne sais pas, dit papa. Mais tout à l'heure, si tu veux, on jouera au ballon.

Décidément, personne ne comprend Lulu dans cette maison. Il faut qu'elle se débrouille toute seule… Elle va dans sa chambre et commence à s'habiller :

d'abord ses gros collants de laine ; par-dessus, son joli maillot de bain rose. Et enfin, ses petites sandales à rubans.

– Voilà, je suis prête pour le piano.

Maman fait une drôle de tête, mais ne trouve rien à dire.

En revenant du piano, Lulu joue au ballon avec son papa et elle marque deux buts !

C'est sûrement son nouveau tutu qui lui porte chance…

Lulu garde toujours son tutu. Elle dort avec, elle mange avec, elle va à l'école avec, c'est à peine si elle l'enlève pour prendre son bain.

Papa et maman ne disent rien, mais ils poussent souvent de gros soupirs.

Et puis un jour, en rentrant de l'école, Lulu trouve un paquet sur son lit :

c'est un vrai tutu rose, avec des collants roses et des chaussons de danse.

Depuis ce jour-là, Lulu ne porte son beau tutu que le mercredi, pour aller à son cours de danse. Son vieux tutu, elle l'a rangé dans une armoire.

Mais de temps en temps, elle le met encore, comme ça, juste pour faire la fête!

Chanson de grand-père

Victor Hugo

14 OCTOBRE

Dansez, les petites filles,
Toutes en rond.
En vous voyant si gentilles,
Les bois riront.

Dansez, les petites reines,
Toutes en rond.
Les amoureux sous les frênes
S'embrasseront.

Dansez, les petites folles,
Toutes en rond.
Les bouquins dans les écoles
Bougonneront.

Dansez, les petites belles,
Toutes en rond.
Les oiseaux avec leurs ailes
Applaudiront.

Dansez, les petites fées,
Toutes en rond.
Dansez, de bleuets coiffées,
L'aurore au front.

Dansez, les petites femmes,
Toutes en rond.
Les messieurs diront aux dames
Ce qu'ils voudront.

Il pleut, il mouille

15 OCTOBRE

Il pleut, il mouille
c'est la fête à la grenouille.
Y a que mon petit frère
qui est sous la gouttière
qui pêche des poissons
pour toute la maison.

LES MÉTIERS, SUR TERRE AU XXᵉ SIÈCLE

* peintre • institutrice • reporter
* pilote de ligne • facteur • pompier
* maire • danseuse • menuisier
* clown • spationaute • fermier • docteur
* mécanicien • chanteur • cuisinier

lundi

Octobre

17 OCTOBRE ## Sur le pont d'Avignon

Chanson pour danser

Refrain
Sur le pont d'Avignon,
On y danse, on y danse,
Sur le pont d'Avignon,
On y danse, tout en rond.

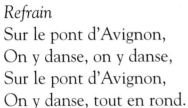

Les beaux messieurs font comme ça
Et puis encore comme ça.

Les belles dames font comme ça
Et puis encore comme ça.

Les cordonniers font comme ça
Et puis encore comme ça.

Les blanchisseurs font comme ça
Et puis encore comme ça.

18 OCTOBRE ## Pomme et poire

Luc Bérimont

Pomme et poire
Dans l'armoire

Fraise et noix
Dans le bois

Sucre et pain
Dans ma main

Plume et colle
Dans l'école

Et le faiseur de bêtises
Bien au chaud
dans ma chemise.

19 OCTOBRE ## Mon petit lapin

Mon petit lapin
S'est sauvé dans le jardin
– Cherchez-moi, coucou, coucou,
Je suis caché sous un chou.

Remuant son nez,
Il se moque du fermier
– Cherchez-moi, coucou, coucou,
Je suis caché sous un chou.

Tirant ses moustaches,
Le fermier passe et repasse
Mais ne trouve rien du tout,
Et lapin mange le chou.

20 OCTOBRE

Compère, qu'as-tu vu ?

Compère, qu'as-tu vu ?
Commère, j'ai bien vu,
J'ai vu un gros bœuf
Dansant sur un œuf
Sans en rien casser.
Compère, vous mentez !

Compère, qu'as-tu vu ?
Commère, j'ai bien vu,
J'ai vu une anguille
Qui coiffait sa fille
Au-dessus d'un clocher.
Compère, vous mentez !

Compère, qu'as-tu vu ?
Commère, j'ai bien vu,
J'ai vu une girafe
Qui glissait sur la glace
À la Saint-Jean d'été.
Compère, vous mentez !

Compère, qu'as-tu vu ?
Commère, j'ai bien vu,
J'ai vu une grenouille
Qui filait sa quenouille
Au bord d'un fossé.
Compère, vous mentez !

Compère, qu'as-tu vu ?
Commère, j'ai bien vu,
J'ai vu une pie
Qui gagnait sa vie
En faisant des chapelets.
Compère, vous mentez !

Compère, qu'as-tu vu ?
Commère, j'ai bien vu,
J'ai vu une mouche
Qui se rinçait la bouche
Avec un pavé.
Compère, vous mentez !

L'enfant qui est dans la lune

Claude Roy

21 OCTOBRE

Cet enfant, toujours dans la lune,
s'y trouve bien, s'y trouve heureux.

Pourquoi le déranger ? La lune
est un endroit d'où l'on voit mieux.

37

22 OCTOBRE

Les dessins de Maxime

Walter Bendix

Maxime avait décidé de passer toute la soirée devant la télévision. Hélas, Maxime était un petit lapin, et quand les lapins sont petits, ils demandent d'abord la permission. Or la maman de Maxime n'était pas du genre à donner la permission de passer sa soirée devant la télévision.

Maxime se dit que sa maman changerait d'avis s'il lui offrait un beau dessin. Il prit sa boîte de crayons de couleur. Avec le crayon marron, il dessina un renard prêt à croquer un poulet ou un petit lapin.
– Brrr, dit maman, ton renard est effrayant.
– C'est un cadeau, dit Maxime. Pour toi.
– Ça me fait très plaisir, dit maman.

Mais pas au point de donner la permission de regarder la télévision toute la soirée. Alors, Maxime fit un autre dessin. Avec le crayon orange, il dessina…
– Une carotte, dit-il.
– Bravo, dit maman, elle est très réussie.
Mais elle n'autorisa toujours pas son lapinot à passer sa soirée devant la télévision. Par contre, elle lui servit un grand verre de jus de carottes tout frais.

Après avoir bu son jus de carottes, Maxime reprit ses crayons. Avec le rose, il dessina Camille, sa petite sœur, dans sa robe rose.
– C'est Camille ? demanda maman. Comme elle est jolie !
– Je l'ai dessinée avec un sourire, dit Maxime.
– C'est une excellente idée, dit maman.

Maxime montra les deux autres dessins à Camille. Puis il lui raconta l'histoire d'une petite lapine en robe rose qui cherchait une carotte. En racontant, Maxime faisait bouger ses dessins comme à la télévision. Camille ne dormait plus, elle riait, puis elle se rendormit.

Maxime sortit de la chambre sur la pointe des pattes. Ensuite, il prit son bain sans mouiller le tapis de la salle de bain. Il ne se plaignit pas à cause du shampoing dans les yeux. Il enfila sagement son pyjama et joua encore un peu devant la cheminée. Quand il eut terminé de jouer, il rangea même ses jouets.
Pourtant, il n'aime pas ranger ses jouets, Maxime. Il préfère regarder la télévision. Justement, maman lui dit :
– Tu as été un ange, mon lapinot, tu as la permission d'allumer la télévision.
Mais Maxime n'entendit pas sa maman car il s'était endormi sur le tapis. Et il faisait déjà de beaux rêves...

Au même moment, Camille se mit à pleurer dans sa chambre.
– C'est Camille, dit Maxime. Elle pleure.
– Elle fait peut-être un cauchemar, dit maman.
– Alors, je vais aller lui montrer mes dessins, dit Maxime.
– D'accord, mais pas le renard, dit maman. Il est si effrayant qu'elle ferait un autre cauchemar.

23 OCTOBRE

Rognon, rognon, gigot de mouton

Rognon, rognon, gigot de mouton,
Pour un, tu n'auras rien ;
Pour deux, tu auras des œufs ;
Pour trois, tu auras des noix ;
Pour quatre, tu auras la claque ;
Pour cinq, tu auras du vin ;
Pour six, tu auras la cerise ;
Pour sept, tu auras l'assiette ;
Pour huit, tu auras des huîtres ;
Pour neuf, tu auras mon joli pied de bœuf.

Sur la place du marché

24 OCTOBRE

Sur la place du marché
Un baptême est affiché.
Qui est la marraine ?
– C'est une hirondelle.
Qui est le parrain ?
– C'est un gros lapin.
Qui est la nourrice ?
– C'est une écrevisse.
Et qui est cet enfant ?
– C'est un éléphant.

25 OCTOBRE

Le carillonneur

Canon

Maudit sois-tu, carillonneur,
Toi qui naquis pour mon malheur !
Dès le point du jour à la cloche il s'accroche,
Et le soir encor carillonne plus fort.
Quand sonnera-t-on la mort du sonneur ?

La maison de Noémie

Odile Lestrohan

26 OCTOBRE

La seule maison
avec un grenier
et une échelle pour
y monter, c'est la maison
de papi Barnabé.

La seule maison avec des poules,
des lapins et trois chiots,
c'est la maison de mon copain Thibaud.

La seule maison où il n'y a pas la télévision,
c'est la maison de Marion.

La seule maison où je joue sous la table
comme une petite souris,
c'est la maison de ma tatie.

La seule maison avec dix étages,
un ascenseur et de très grands placards,
c'est la maison de l'oncle Oscar.

Mais la seule maison où il y a mon lit,
mon doudou, mes jouets et mon chat,
c'est ma maison à moi !

Dans la toile d'une araignée

27 OCTOBRE

Dans la toile d'une araignée,
Une mouche s'est pris les pieds.
« Très chère, dit l'araignée, restez,
Je vous attendais pour dîner. »

28 OCTOBRE

Potirons et citrouilles

Anne-Lise Fontan

Le potiron
et la citrouille
ont des façons
qui nous embrouillent.

Tantôt sorcières
vilaines bougies
méchantes lumières
Tremblez petits !

Tantôt carrosses,
avec cocher ou postillons
et qui exaucent
les vœux des Cendrillons.

Ronds potirons
ou belles citrouilles
sacrés larrons
et drôles de bouilles !

Chauve-souris, viens bientôt !

29 OCTOBRE

Chauve-souris, viens bientôt
Je te donnerai du pain nouveau
Des jujubes, de la cannelle.
Grand merci, Mademoiselle !

41

Le gâteau hanté

Maryse Lamigeon

30 OCTOBRE

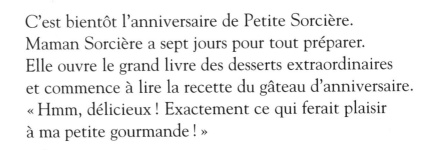

C'est bientôt l'anniversaire de Petite Sorcière.
Maman Sorcière a sept jours pour tout préparer.
Elle ouvre le grand livre des desserts extraordinaires
et commence à lire la recette du gâteau d'anniversaire.
« Hmm, délicieux ! Exactement ce qui ferait plaisir
à ma petite gourmande ! »

Et la voilà partie.
Elle s'envole aux quatre coins du monde.

Le premier jour, elle atterrit sur le volcan qui
fume et dérobe sept œufs de tyrannosaure, pon-
dus par une nuit sans lune.

Le troisième jour, elle récolte dans l'arbre
géant une tonne de glands qu'elle moud,
écrase et transforme en farine belle et blanche.

Le deuxième jour, elle dévalise le placard
du croque-mitaine et emporte sans façons
vingt pots de miel de pucerons.

Le quatrième jour, elle va chez le vieux
fantôme solitaire et vole 666 grammes de
levure amère.

Le cinquième jour, elle se glisse dans les
grottes du Mississippi pour y recueillir treize
litres de lait de chauve-souris.

Le sixième jour, elle puise une louche de sel dans la mer Rouge, là où rien ne bouge, sauf le terrible diable des mers.

Le septième jour, Maman Sorcière est de retour au château.

Dans un grand chaudron, elle casse les sept œufs de tyrannosaure,
ajoute les treize litres de lait de chauve-souris, le miel de pucerons,
mélange le tout avec la farine de glands et la levure amère, sans oublier le sel de la mer Rouge !
Et elle enfourne le gâteau.

Pendant sept heures, il cuit à petit feu. Il fait déjà nuit quand le gâteau sort du four. Il faut le décorer ! Maman Sorcière court chercher treize araignées au grenier, un squelette à la cave, six souris au cellier, douze crapauds dans la mare…

Il est minuit, tout est prêt, c'est l'heure de réveiller Petite Sorcière.
« Viens me rejoindre au salon ! » lui souffle-t-elle doucement…

La voilà !
« Affreux anniversaire, affreux anniversaire…
– Hou, hou… Un énorme gâteau-citrouille ! »
Petite Sorcière n'a jamais rien vu de si beau !

Au matin, la petite gourmande est un peu lourde.
Un gâteau hanté, c'est difficile à digérer !

43

31 OCTOBRE

Gare aux complices de la Citrouille !

Fred Bernard

Donnez-nous des bonbons,
Madame Mabil,
et on vous laisse tranquille.
Je me présente :
Sorcière Magnifique.
J'ai du poison pour toi,
des sorts maléfiques,
l'embarras du choix.

Donnez-nous des bonbons,
Monsieur Gervais,
et vous vivrez en paix.
Je me présente :
Fantôme Vladimir.
Je hante ta maison,
je t'empêche de dormir,
je vole ta raison.

Donnez-nous des bonbons,
Madame Cassegrain,
et tout se passera bien.
Je me présente :
Judoka-Kanine.
Ceinture en croco,
je te brise l'échine,
je te mets K.-O.

Donnez-nous des bonbons,
Monsieur Gromal,
et on ne vous fera pas de mal.
Je me présente :
Boby Van Vampire.
Par ton cou tout blanc,
je bois et j'aspire
tout ton joli sang.

Donnez-nous des bonbons,
Madame Kalmant,
et vous vivrez cent ans.
Je me présente :
Frankenstein Junior.
Je vais te broyer
comme un César en or
entre mes bras d'acier.

Donnez des bonbons,
Messieurs, Mesdames,
aux complices de la Citrouille,
ou ils vous fichent la trouille !

44

À tes souhaits, Camille !

2 NOVEMBRE

Choses du soir

Victor Hugo

Le brouillard est froid, la bruyère est grise ;
Les troupeaux de bœufs vont aux abreuvoirs ;
La lune, sortant des nuages noirs,
Semble une clarté qui vient par surprise.

Le voyageur marche, et la lande est brune ;
Une ombre est derrière, une ombre est devant,
Blancheur au couchant, lueur au levant ;
Ici crépuscule, et là clair de lune.

La sorcière, assise, allonge sa lippe ;
L'araignée accroche au toit son filet ;
Le lutin reluit dans le feu follet
Comme un pistil d'or dans une tulipe.

3 NOVEMBRE

Le bon roi Dagobert

Le bon roi Dagobert
Avait sa culotte à l'envers.
Le grand saint Éloi
Lui dit : – Ô mon roi !
Votre majesté
Est mal culottée.
– C'est vrai, lui dit le roi,
Je vais la remettre à l'endroit.

Le bon roi Dagobert
Chassait dans la plaine d'Anvers.
Le grand saint Éloi
Lui dit : – Ô mon roi !
Votre Majesté
Est bien essoufflée.
– C'est vrai, lui dit le roi,
Un lapin courait après moi.

Le bon roi Dagobert
Voulait s'embarquer sur la mer.
Le grand saint Éloi
Lui dit : – Ô mon roi !
Votre Majesté
Se fera noyer.
– C'est vrai, lui dit le roi,
On pourra crier : le roi boit !

Le bon roi Dagobert
Mangeait en glouton du dessert.
Le grand saint Éloi
Lui dit : – Ô mon roi !
Vous êtes gourmand,
Ne mangez pas tant.
– C'est vrai, lui dit le roi,
Je ne le suis pas tant que toi.

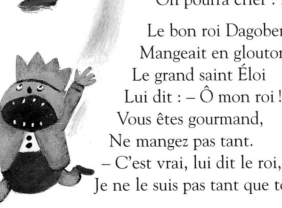

Gabi a grandi

Sylviane Degunst

4 NOVEMBRE

Au Burundi vivait Gabi, une jeune girafe pas comme les autres. Toutes les girafes ont un très long cou, eh bien, Gabi, elle, avait un cou riquiqui, juste suffisant pour tourner la tête. Ça lui donnait des complexes et des soucis. Surtout à ses parents.

– Tiens-toi droite ma chérie, disait sa mère.

– Lève la tête ma fille, ajoutait son père.

Tous les quatre matins, ils l'emmenaient chez le médecin. Chacun y allait de ses conseils et remèdes.

Le premier docteur ne se cassa pas la tête !

– Drôle de zèbre votre fille, dit-il en grimaçant. Donnez-lui des vitamines et qu'elle fasse un peu de *stretching*.

Résultat nul.

Le deuxième fut plus perspicace.

– Torticolis ! Je vais lui dévisser le cou, puis vous lui poserez des bigoudis.

Rien n'y fit.

Le troisième était sorcier. Il arrosa Gabi de jus de papaye et fit une prière.

– Qu'elle boive une infusion de rayures d'okapi tous les matins.

Mais le cou de Gabi ne poussait toujours pas. Alors, Lili, son amie la perruche multicolore, décida de l'aider. Elle l'entraîna au pied du plus haut flamboyant et se percha à la cime : « Les fleurs sont délicieuses ici ! Viens voir ! »

Gabi adorait les fleurs de flamboyant, c'était son régal. Elle hésita, mais elle ne voulait pas décevoir son amie. Alors elle se lança : ho, hisse ! « Quel panorama ! s'écria la girafe au long cou tout neuf. Ça change tout, vu d'ici ! » Gabi avait réussi son cou du premier coup !

47

5 NOVEMBRE

Musique de chambre

Sylvaine Hinglais

Les animaux peluches
Ne dorment pas la nuit
Non, ne dorment pas
Ils jouent dans un orchestre

L'éléphant au saxo
La panthère à la harpe
L'autruche au violon
Et le zèbre aux cymbales
Oui, aux cymbales
Ils jouent sans partition
La pie au blanc plastron
Dirige avec sa queue
Leur improvisation

Ça vous étonne,
oui ou non ?

6 NOVEMBRE

J'ai vu le loup

Chanson pour danser

J'ai vu le loup, le renard et la belette,
J'ai vu le loup, le renard danser.
Je les ai vus taper du pied,
J'ai vu le loup, le renard,
la belette,
Je les ai vus taper du pied,
J'ai vu le loup, le renard danser.

Peur de rien

Anne-Lise Fontan

7 NOVEM

Je n'ai peur de rien :

Ni des dragons ni des vampires,
toutes ces horreurs me font bien rire.

Ni des ogresses, ni des géants,
ni des sorciers, j'aime les méchants.

Ni des dinos, tyrannosaures,
car tous ces monstres, je les adore !

Ni des robots, pas plus des loups,
je ne suis plus un bout de chou.

Moi, je n'ai peur de rien,
sauf peut-être du caniche du voisin...

Un petit bonhomme au bout du chemin

8 NOVEMBRE

Un petit bonhomme au bout du chemin
Qui mangeait une pomme a vu un lapin.
Lapin, lapin, donne donne-moi la main,
Mangeons cette pomme et soyons copains.

Photo de classe

Gérard Bialestowski

Avez-vous vu Gustave
celui qui fait le zouave

avec l'ami Léon
toujours sur ses talons

ce dadais de Julien
déguisé en Indien

la belle Natacha
qu'un pacha s'attacha

plus sa jumelle Armelle
la môme aux caramels

ou Pénélope au top
en reine du *hip-hop*

connaissez-vous Arthur
pizza et confiture

le glouton Ferdinand
qui s'endort en dînant

sur son ami Kader
dont c'est l'anniversaire

Augustin « je sais tout »
les bêtises surtout

près de Super-Jérôme
aux biceps à la gomme

et sa cousine Agnès
qui dit « *no* » qui dit « *yes* »

à Tristan très à l'aise
endormi sur sa chaise

n'oubliez pas Alice
la reine des malices

Camille en kimono
qui chatouille Mahault

Rodrigue le pirate
roi de la carapate

au premier rang Lucille
boucles d'or et longs cils

Pierrot dit Petit Trot
qui rêve de chevaux

et Hervé l'énervé
qui n'est pas arrivé

à tracer un seul X
à la fin de Félix !

Le grand cerf

Chanson à mimer

Dans sa maison, un grand cerf
Regardait par la fenêtre
Un lapin venir à lui
Et frapper à l'huis.
– Cerf ! Cerf ! Ouvre-moi !
Ou le chasseur me tuera !
– Lapin, lapin, entre et viens
Me serrer la main.

Un anniversaire vraiment spécial

Véronique Mazière

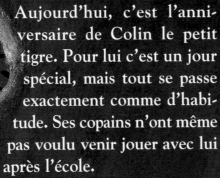

Aujourd'hui, c'est l'anniversaire de Colin le petit tigre. Pour lui c'est un jour spécial, mais tout se passe exactement comme d'habitude. Ses copains n'ont même pas voulu venir jouer avec lui après l'école.

« Non, pas ce soir, lui ont-ils répondu, on est occupés. À demain, Colin. »

Voilà pourquoi Colin rentre chez lui seul, le cœur gros.

La nuit tombe déjà. Dans le silence, il entend des feuilles qui bruissent.

« Je suis grand maintenant, se dit-il, je dois être courageux... »

Colin a quand même hâte d'être à la maison et il presse le pas. Soudain, une silhouette apparaît dans les buissons : c'est une sorte de gros tigre rouge et noir. Colin pousse un cri, il bondit vers sa maison toute proche, poursuivi par l'étrange animal.

Voilà le jardin, Colin est presque arrivé. Oh non ! un grand tigre bleu à l'air menaçant l'attend à la porte.

Colin fait vite demi-tour et il se cogne dans le tigre rouge qui arrive en courant. Il s'écroule, sonné par le choc.

Quand Colin se réveille, il ne voit rien, car il a un bandeau sur les yeux.

– Qui êtes-vous ? crie Colin. C'est une farce ou quoi ?

– Calme-toi petit tigre, tu parles aux grands sorciers. Dans la jungle, les tigres doivent passer une épreuve le jour de leur anniversaire. Alors répond sagement à mes questions : Tout d'abord, qui a un pelage rayé jaune et noir et file comme un éclair dans les arbres ?

Colin réfléchit très fort, il ne veut pas se tromper. « Ce n'est pas la guêpe, trop lente, se dit-il à voix basse, le léopard n'est pas rayé... alors... »

– C'est un tigre ! dit Colin tout haut.

– Tu as bien répondu, petit tigre. Maintenant, la deuxième question : Qu'est-ce qui brille dans la nuit et s'éteint quand le vent souffle ?

Colin pense : « Une étoile ? Non, elle ne s'éteint pas avec le vent, le feu non plus ne s'éteint pas sauf s'il est tout petit, tout petit comme... »

– C'est une bougie ! répond Colin.

– Bravo, petit tigre. Attention à la dernière question, c'est la plus importante : Quel jour préfères-tu dans l'année ?

Quelle drôle de question ! Colin a envie de rire.
– J'hésite entre Noël et mon anniversaire, dit Colin.
– Petit tigre, dit la voix, réfléchis bien, tu n'as droit qu'à une seule réponse.
– Je choisis mon anniversaire, papa.
On entend quelques rires. La voix toussote :
– Hum, hum… bravo, petit tigre, je vais te délivrer maintenant.

Papa, car c'est bien lui, enlève le bandeau des yeux de Colin.
Il découvre alors des dizaines de petites bougies qui brillent dans le jardin, c'est beau !
Tous ses copains sont déguisés en tigres de toutes les couleurs.
Ils crient très fort :
« Joyeux anniversaire, Colin ! »
On apporte un gros gâteau à la banane et aussi quelques paquets qui ressemblent bien à des cadeaux.
Les tambours donnent le rythme et on commence à danser. La jungle est en fête.
« Moi qui croyais que c'était une journée ratée, dit Colin très joyeux, c'est mon plus bel anniversaire ! »

L'oiseau et la bulle

12 NOVEMBRE

Paroles et musique : Pierre Chêne

Un poisson au fond d'un étang
Qui faisait des bulles *(bis)*
Un poisson au fond d'un étang
Qui faisait des bulles
Pour passer le temps

Tchip tchip tchip
Bidi bidi di di di

Un oiseau vient près de l'étang
Regarder les bulles *(bis)*
Un oiseau vient près de l'étang
Regarder les bulles
Que c'est amusant

Tchip tchip tchip…

Que fais-tu, joli poisson blanc ?
– Moi je fais des bulles *(bis)*
Que fais-tu joli poisson blanc ?
– Moi je fais des bulles
Pour passer le temps

Tchip tchip tchip…

Plus j'en fais, plus je suis content
Plus je fais des bulles *(bis)*
Plus j'en fais, plus je suis content
Des rouges et des bleues
Selon le courant

Tchip tchip tchip…

Le poisson tout en discutant
A fait une bulle *(bis)*
Le poisson tout en discutant
A fait une bulle
Pour monter dedans

Tchip tchip tchip…

Et la bulle portée par le vent
Ah ! la belle bulle *(bis)*
Et la bulle portée par le vent
A pris son envol
Le poisson dedans

Tchip tchip tchip…

L'oiseau est tombé dans l'étang
En voyant la bulle *(bis)*
L'oiseau est tombé dans l'étang
En voyant la bulle
Du poisson volant

Tchip tchip tchip…

Maintenant, au fond de l'étang
L'oiseau fait des bulles *(bis)*
Maintenant, au fond de l'étang
L'oiseau fait des bulles
Pour passer dedans

Tchip tchip tchip…

Les corbeaux la nuit

Françoise Bobe

La nuit tous les corbeaux sont gris
Je le sais je les ai surpris
Les soirs de pleine lune
Les corbeaux se parfument
Et font des claquettes
En claquant du bec
Les corbeaux ne sont pas
Toujours ceux que l'on croit

La nuit tous les corbeaux sont gris
Gants de soie et chapeau bien mis
En cravate et costume
Certains la pipe fument
Et font des claquettes
En claquant du bec
Les corbeaux ne sont pas
Toujours ceux que l'on croit

La nuit tous les corbeaux sont gris
Les chauves-souris me l'ont dit
Joyeux noctambules
Ils sont tous somnambules
Ils font des claquettes
En claquant du bec
Les corbeaux ne sont pas
Toujours ceux que l'on croit

Quand j'étais petit

Quand j'étais petit,
Je n'étais pas grand,
Je montrais mes fesses
À tous les passants

Mon papa disait :
« Veux-tu le cacher ! »
Je lui répondais :
« Veux-tu l'embrasser ? »

Sardine à l'huile

Sardine à l'huile, que fais-tu là ?
Ouatchitchi, ouatchatcha,
Sardine à l'huile, que fais-tu là ?
Ouatchi, ouatchi, ouatchatcha

53

Novembre

Au supermarché

16 NOVEMBRE

Trouve dans cette image :
• un escalator • une caisse
• un vendeur • un haut-parleur
• une cabine d'essayage • un agent
de sécurité • le rayon des légumes
• des vitrines • des paquets cadeaux
• des clients

54

Le chat

Charles Baudelaire

7 NOVEMBRE

Dans ma cervelle se promène,
Ainsi qu'en son appartement,
Un beau chat, fort, doux et charmant.
Quand il miaule, on l'entend à peine

Tant son timbre est tendre et discret ;
Mais que sa voix s'apaise ou gronde,
Elle est toujours riche et profonde.
C'est là son charme et son secret…

Une jeune fille de quatre-vingt-dix ans

Une jeune fille
De quatre-vingt-dix ans
En mangeant de la crème
Se cassa une dent.
– Ah ! lui dit sa maman,
C'est pas étonnant.
Je t'avais dit pourtant :
Laisse tomber la crème,
C'est pas bon pour les dents.

18 NOVEMBRE

19 NOVEMBRE

La ronde des légumes

Chanson pour danser

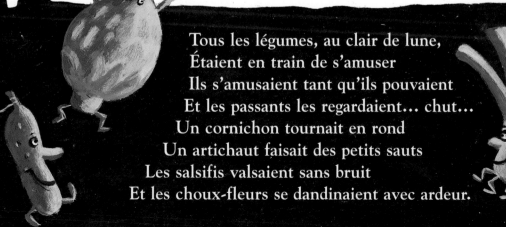

Tous les légumes, au clair de lune,
Étaient en train de s'amuser
Ils s'amusaient tant qu'ils pouvaient
Et les passants les regardaient… chut…
Un cornichon tournait en rond
Un artichaut faisait des petits sauts
Les salsifis valsaient sans bruit
Et les choux-fleurs se dandinaient avec ardeur.

Mon ogre à moi

Rolande Causse

Ogre
Gros, gras, grand
Griffu, goulu, grisou
Hou !
Tu n'auras point de bisous.

Ogre, roi de mes pensées
J'aimerais te donner une fessée
Te pincer, te griffer
Te mordre, te chatouiller
Ogre
Tu me fais juste un peu peur…

Ogre, globe-trotter
Tu vas à pas de géant
Tu parcours la terre
Tu marches tel un éléphant
Dis,
Arrête-toi un instant !

Ogre
Maman m'a dit que tu n'existais pas
Tu es une invention, dit papa
J'aime doucement t'imaginer
Ronron,
Ronflottant dans ton grenier.

Ogre
Dégoûtant, glouton, grognon
Tu ne mangeras que du mouton
Je me moque de toi
Et si je te vois devant moi
Attention,
Je te mange le petit doigt !

Drôles de zozoos !

Pascale Estellon

Ils sont tigrés, zébrés,
de toutes les couleurs !
Avec des taches, des points,
des rayures et des fourrures,
des plumes et des peaux,
des écailles et des carreaux.
Petits museaux,
griffes et grands crocs,
ce sont de drôles de z'animaux !
Grosses pattes et grandes moustaches,
Oreilles pointues et becs crochus...
Y en a des gros, des grands
et des minus, mais aussi des costauds,
des lourdauds et des p'tites puces...

Le jour ils font
des GRRRRRR !
des GROAAA !
Mais aussi des GRUIC GRUIC !
Et des PIC PIC...
des TZZZ TZZZ,
des HOU HOU !
Et des MIAOU !
Et plein d'autres cris très étranges...
« Et la nuit, qu'est-ce qu'ils font ? »
Ils dorment, mon ange...

Les scaphandriers

Anne-Lise Fontan

Qui pourrait bien m'expliquer
pourquoi il faut s'engouffrer
dans des manteaux, dans des blousons,
sitôt qu'il ne fait pas bon ?

Dès que l'automne s'annonce,
nos têtes et nos mains s'enfoncent
dans des chapeaux et des moufles
et tant pis si on étouffe !

Quel est donc ce mal étrange
qui à la fin des vendanges,
pousse les mamans les plus tendres
à nous mettre des scaphandres ?

57

23 NOVEMBRE

Chasseurs

Jeu de langue
À dire plusieurs fois et de plus en plus vite

Un chasseur sachant chasser
sans son chien est un bon chasseur.

Chasseurs sans chaussettes et sans chaussons,
sachez chasser sans chiens et sans chaussons.

24 NOVEMBRE

Une, pour toi la prune

Une, pour toi la prune,
Deux, pour toi les œufs,
Trois, pour toi la noix,
Quatre, pour toi la tape.

Dansons la capucine

Dansons la capucine,
Y a pas de pain chez nous.
Y en a chez la voisine,
Mais ce n'est pas pour nous.
You ! les petits cailloux !

Dansons la capucine,
Y a pas de vin chez nous.
Y en a chez la voisine,
Mais ce n'est pas pour nous.
You ! les petits cailloux !

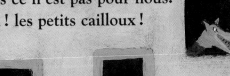

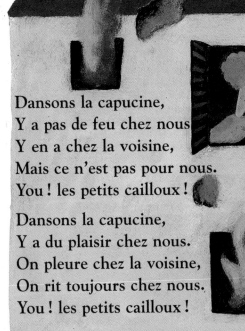

25 NOVE

Dansons la capucine,
Y a pas de feu chez nous
Y en a chez la voisine,
Mais ce n'est pas pour nous.
You ! les petits cailloux !

Dansons la capucine,
Y a du plaisir chez nous.
On pleure chez la voisine,
On rit toujours chez nous.
You ! les petits cailloux !

La varicelle

Arnaud Alméras

26 NOVEMBRE

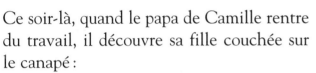

Ce soir-là, quand le papa de Camille rentre du travail, il découvre sa fille couchée sur le canapé :

– Mais tu es couverte de boutons ! s'exclame-t-il en lui faisant un bisou.

– Oui, je suis toute malade, répond Camille. À cet instant, sa maman sort de la salle de bains :

– Nous revenons de chez le médecin, notre puce a la varicelle.

Camille se met alors à pleurer et se blottit dans les bras de son papa :

– Le docteur a dit que si je me gratte, je vais avoir des *cicatristes*. Moi, ça me gratte partout… tout le temps, et j'ai peur des *cicatristes* !

Sa maman s'exclame :

– Le docteur a dit de ne pas gratter tes boutons sinon ça ferait des ci-ca-trices ! Mais ne t'inquiète pas, je vais aller à la pharmacie chercher un produit qui calmera tes démangeaisons.

Le papa de Camille sourit et prend sa fille sur ses genoux :

– Regarde…

Il montre l'extrémité de son nez avec son doigt :

– Moi, quand j'ai eu la varicelle, j'ai gratté un bouton que j'avais ici. Et depuis ce jour-là, j'ai un petit trou au bout du nez. C'est une cicatrice…

Tu vois, ça n'a rien de triste !

La marche des chapeaux

27 NOVEMBRE

Paroles et musique : Henri Dès

Quand je mets mon chapeau gris
C'est pour aller sous la pluie.

Quand je mets mon chapeau vert
C'est que je suis en colère.

Et je mets mon chapeau mou
Quand ça ne va plus du tout.

Quand je mets mon chapeau bleu
C'est que ça va déjà mieux.

Et je mets mon chapeau blanc
Quand je suis très content.

Par ici la sortie

Walter Bendix

Au début, maman attendait un bébé. Elle l'avait annoncé, je l'avais claironné, tout le monde le savait. De toute manière, le gros ventre de maman en disait long sur son état. Depuis des mois, elle gonflait, elle gonflait, à se demander quand elle s'arrêterait.

J'allais donc avoir une petite sœur. Ou un petit frère, c'est bien aussi. Ce n'est pas marrant d'être enfant unique dans une grande maison. Personne avec qui jouer, personne pour se faire gronder à votre place, personne à chatouiller, personne. Il était temps.

Un jour, on est allé à l'hôpital faire une photo du bébé dans le ventre. Le photographe n'était pas doué. La photo était floue et le bébé ressemblait à une grosse crevette en noir et blanc. Ce n'est pas grave, même si c'est une crevette, je l'aimerai beaucoup, ma petite sœur. Ou mon petit frère, c'est bien aussi. Maman a ri car, mais non, ce n'est pas une crevette.

Maman grossissait à vue d'œil, mais ça ne venait pas. Elle me disait : « Sois patient, c'est une question de jours. » Mais ça faisait des jours qu'elle me disait ça. Et des jours qu'en posant ma main sur son ventre, je sentais le bébé bouger.

Il était là, il respirait, il remuait, comme moi, il s'impatientait. Il voulait sortir du ventre de maman. Il y avait si longtemps qu'il était enfermé là-dedans. Et si longtemps qu'on me promettait sa venue. Alors qu'est-ce qu'il attendait ! Et s'il ne trouvait pas le chemin de la sortie ? S'il était simplement perdu dans le ventre de maman ? Je voulais l'aider, mon bébé.

Alors j'ai eu une idée. Avec mes crayons de couleur, j'ai dressé un plan du ventre de maman. J'ai montré mon dessin, maman a ri. Il paraît qu'un bébé trouve toujours la sortie tout seul. Si c'est vrai, pourquoi n'est-elle pas encore là, ma petite sœur (ou mon petit frère, c'est bien aussi) ? Une fois de plus, c'était une question de jours. Hier, j'ai eu une autre idée. Je me suis penché sur le ventre de maman. J'ai posé mon oreille sur sa peau tendue. On entendait battre un petit cœur. Alors j'ai collé ma bouche contre le nombril de maman et j'ai murmuré : « Par ici la sortie ! » Comme d'habitude, maman a ri.

Ce matin, maman m'a dit que j'avais eu une très bonne idée. Maintenant notre bébé avait trouvé son chemin.

Une heure plus tard, un taxi la conduisait à la maternité.
Maintenant maman m'attend derrière la porte de sa chambre avec un nouveau bébé. On est le 28 novembre. Depuis une heure, j'ai un petit frère. Une petite sœur, ça aurait été bien aussi.

La cousine

Gérard de Nerval

L'hiver a ses plaisirs : et souvent, le dimanche,
Quand un peu de soleil jaunit la terre blanche,
Avec une cousine on sort se promener…
« Et ne vous faites pas attendre pour dîner »,
Dit ma mère.

Et, quand on a bien, aux Tuileries,
Vu sous les arbres noirs les toilettes fleuries,
La jeune fille a froid… et vous fait observer
Que le brouillard du soir commence à se lever.

Et l'on revient, parlant du beau jour qu'on regrette,
Qui s'est passé si vite… et de flamme discrète :
Et l'on sent en rentrant, avec grand appétit,
Du bas de l'escalier, — le dindon qui rôtit.

Serrés comme des sardines

Christine Beigel

Le poisson-scie n'oubliera pas
la nuit passée chez la sole raplapla
à inventer des histoires d'oiseaux
en mangeant des vers et des asticots
c'était une nuit pleine d'étoiles de mer
pleine de rêves qui volaient dans les airs

le poisson-scie se souviendra
des fous rires sous les draps
quand la sole imitait avec des bulles
le fantôme de Rackam Bidule
le lit tanguait sur la moquette
qui faisait des vaguelettes
et le monstre gentil sous le lit
a eu le mal de mer puis a dit :
« Amis oh ! mes amis
ouvrez-moi la porte de votre lit »
et la nuit s'étirait s'étirait s'étirait
et la sole et le poisson-scie
et le fantôme et le monstre gentil
restaient restaient restaient là
entre amis dans le noir
restaient restaient là
à se raconter des histoires.

Le cadeau de Camille

Mon front a chaud

Comptine à mimer

Mon front a chaud
Comme un réchaud

Mes deux yeux pleurent
Quel malheur !

Mon gros nez renifle
Comme un train qui siffle

Ma bouche dit bobo
Pour avoir un gâteau

Nino et Cléo

Anne Weiss

Sur la photo, Nino le costaud montre
   ses biscotos,
et Cléo son visage de moineau…
Pourtant ils sont pareils,
   deux gouttes d'eau.
Nino et Cléo se parlent peu :
   juste des demi-mots
qu'ils coupent en petits morceaux
   avec de gros ciseaux.
Personne ne comprend
   leur langage d'esquimaux.

Dehors, il a neigé.
Ils rêvent qu'il fait chaud,
s'allongent près des roseaux :
si on partait sur un bateau ?
Cléo ferme les yeux.

Nino lui raconte les couleurs de l'eau,
les guilis sur la peau, il imite les crapauds,
il rit, il chante faux.
Ils mangent des cerises, allongés sur le dos
et crachent les noyaux, très haut.
Ils visitent des châteaux,
ils chevauchent tous les deux
   un renard au galop…

« Hé ! Ho ! »
La voix de la maîtresse résonne
   comme un écho.
– Nino, Cléo, j'ai écrit quoi sur le tableau ?
Leur bouche fait un O,
   mais ne sort pas de mot.
Elle leur tourne le dos :
– Assez de ces deux zigotos !
Les jumeaux, je vous mets zéro !

65

Le cancre

Jacques Prévert

4 DÉCEMBRE

Il dit non avec la tête
mais il dit oui avec le cœur
il dit oui à ce qu'il aime
il dit non au professeur
il est debout
on le questionne
et tous les problèmes sont posés
soudain le fou rire le prend
et il efface tout
les chiffres et les mots
les dates et les noms
les phrases et les pièges
et malgré les menaces du maître
sous les huées des enfants prodiges
avec des craies de toutes les couleurs
sur le tableau noir du malheur
il dessine le visage du bonheur.

La berceuse du petit loir

5 DÉCEMBRE

Paroles : Simone Ratel
Musique : Jacques Douai

Bien au creux bien au chaud
Mon Gras mon Doux mon Beau
Poil-luisant, Patte-fine
Mon petit Loir, dors.

Refrain
Un petit loir qui dort,
Dort et dîne, dîne et dort,
Un petit loir qui dort,
(Dort, dîne, dîne, dort.)

Voici l'hiver venu,
Les petits rats tout nus
Nichent dans la farine,
Mon petit Loir dort.

Refrain

Aux arbres du verger,
Bois sec, noyaux rongés,
Le vent chante famine.
Mon petit Loir dort.

Refrain

66

La légende de saint Nicolas

Ils étaient trois petits enfants
Qui s'en allaient glaner aux champs.
Tant sont allés et tant venus
Que sur le soir se sont perdus.
Ils sont allés chez le boucher :
– Boucher, voudrais-tu nous loger ?

– Entrez, entrez, petits enfants,
Y a de la place, assurément.
Ils n'étaient pas sitôt entrés
Que le boucher les a tués,
Les a coupés en p'tits morceaux
Et puis salés dans un tonneau.

Saint Nicolas, au bout de sept ans,
Vint à passer dedans ce champ.
Alla frapper chez le boucher :
– Boucher, voudrais-tu me loger ?
– Entrez, entrez, saint Nicolas,
Y a de la place, il n'en manque pas.

Il n'était pas sitôt entré
Qu'il a demandé à souper.
On lui apporte du jambon ;
Il n'en veut pas, il n'est pas bon.
On lui apporte du rôti ;
Il n'en veut pas, il n'est pas cuit.

– Du p'tit salé, je veux avoir
Qu'il y a sept ans qu'est au saloir.
Quand le boucher entendit ça,
Bien vivement il se sauva.
– Petits enfants qui dormez là,
Je suis le grand saint Nicolas.

Le grand saint étendit trois doigts,
Les trois enfants ressuscita.
Le premier dit : « J'ai bien dormi. »
Le second dit : « Et moi aussi. »
A ajouté le plus petit :
« Je croyais être au Paradis. »

Une pomme verte

Comptine pour désigner

**Une pomme verte
Une pomme rouge
Une pomme d'or
C'est toi qui es dehors.**

Un p'tit truc en plus

Pascale Estellon

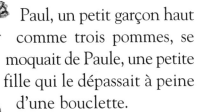

Paul, un petit garçon haut comme trois pommes, se moquait de Paule, une petite fille qui le dépassait à peine d'une bouclette.

« T'es une quille à la vanille et tu sais même pas jouer aux billes ; d'abord les garçons, c'est plus fort que les filles. »

Et la petite fille disait :

« Oui, mais moi, j'ai un p'tit truc en plus ! », ce qui énervait beaucoup le petit garçon.

Il devait bien avoir, lui aussi, un petit truc en plus…

Alors, il rajoutait :

« Moi, je sais jouer au ballon et j'ai même pas peur des limaçons ! »

Et, à chaque fois, la petite fille répondait :

« Oui, mais moi, j'ai un p'tit truc en plus ! »

Le petit garçon réfléchissait :

« Moi, j'ai un camion qui fait pin-pon, et le soir, j'ai même pas peur du noir ; je sais attraper les papillons, je sais faire des bulles de savon, et tu sais quoi ? j'ai déjà vu un dragon !

Alors, c'est quoi ton "p'tit truc" ? »

« C'est le p'tit "e" à la fin de mon prénom… »

Monsieur Barthélemy

Michelle Nikly

Monsieur Barthélemy, professeur de philosophie à la retraite, vivait seul et ne sortait presque plus, car il n'y voyait plus grand-chose. Ayant passé toute sa vie le nez dans les livres, il était très malheureux de ne plus parvenir à lire les petits caractères des ouvrages savants de sa bibliothèque. Alors, il passait son temps comme il pouvait, en écoutant la radio, en attendant la jeune femme qui venait chaque jour lui faire un peu de ménage, avec laquelle il aimait bien discuter.

l'avait jamais ouvert, mais il savait exactement où il se trouvait. Il le sortit et en tourna les pages pour la première fois, tout surpris de pouvoir déchiffrer sans difficulté les gros caractères qui le composaient. Il prit Oussama sur ses genoux et commença à lire à haute voix : *Le Rossignol et l'Empereur de Chine, conte d'Andersen.*

Oussama écoutait, attentif, et, en même temps, il regardait les images. La voix du vieux monsieur se voila tandis qu'il lisait à l'enfant le passage où le vieil empereur lutte contre la mort. Elle retrouva toute sa gaieté à la fin du conte lorsqu'il conclut : l'empereur était debout et il dit « Bonjour ! » à ses serviteurs.

Un matin, elle vint accompagnée de son petit garçon de six ans, Oussama, qu'elle n'avait pu mettre à l'école parce qu'il avait la varicelle.

Monsieur Barthélemy chercha désespérément quelque chose pour l'occuper. Mais chez lui, il n'y avait ni jouets ni télévision. Tout à coup, il se souvint d'un vieux livre pour enfants qui avait atterri dans sa bibliothèque par Dieu sait quel mystère et qu'il avait découvert un jour, coincé entre deux ouvrages aux titres très compliqués. Il ne

Monsieur Barthélemy resta pensif, longtemps après le départ d'Oussama et de sa maman. Il réalisait que ce conte en disait plus sur la vie et la mort que tous les livres savants qu'il avait pu lire tout au long de sa vie. Il se promit d'aller dès le lendemain chez le libraire choisir d'autres livres pour enfants, écrits bien gros.
Peut-être Oussama reviendrait-il, pour les partager avec lui…

Ohé, répondez !

Françoise Bobe

10 DÉCEMBRE

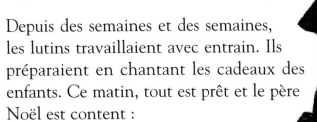

Depuis des semaines et des semaines, les lutins travaillaient avec entrain. Ils préparaient en chantant les cadeaux des enfants. Ce matin, tout est prêt et le père Noël est content :

– Bravo, les lutins ! Vous travaillez vite et bien. Maintenant, vous pouvez vous reposer. Dormez bien !
Les lutins regagnent leur domaine souterrain par une porte secrète à côté du plus gros sapin. Chacun retrouve son lit, enfonce son bonnet de nuit et tire sa couette jusqu'à la pointe des oreilles. Fatigués, les lutins s'endorment aussitôt.

Pendant ce temps, comme toujours, le père Noël procède à une dernière vérification : une poupée pour Chloé, des maracas pour Andréas, un mikado pour Fredo, un établi pour Tony, un panda pour Mina… La liste est longue !
Soudain, le père Noël reste bouche bée. Il n'en croit pas ses yeux : il manque les cadeaux des enfants de Soléro !
Il recompte ses paquets et soupire :

– Oublier un village entier : c'est bien la première fois ! Il faut vite réveiller les lutins et se remettre au travail.
Le père Noël court frapper contre l'arbre creux qui conduit chez eux.
Toc… Toc… Toc-Toc-Toc ! C'est ainsi qu'il appelle les lutins.
« S'ils dorment aussi bien qu'ils travaillent, ils vont être difficiles à réveiller ! » grommelle le père Noël qui recommence plus fort.
TOC… TOC… TOC-TOC-TOC !
Le grand renne frappe contre le sol gelé.

Il donne de bons coups de sabot :
TOC… TOC… TOC-TOC-TOC !
Mais l'arbre creux reste toujours silencieux !
– Je vais chercher les autres ! déclare-t-il en partant au galop.
Bientôt, dans un même élan, tous les rennes frappent du sabot :
TOC… TOC… TOC-TOC-TOC !
Et le père Noël crie :
– Ohé, répondez !
Enfin, une petite voix endormie se fait entendre :
– On a appelé ou j'ai rêvé ?
– Non, tu n'as pas rêvé, dit le père Noël, soulagé. Va vite réveiller tes frères, nous avons oublié un village entier. Il faut refaire des cadeaux…
Le lutin bâille, tourne les talons et on entend comme un écho :
– Refaire des cadeaux… refaire des cadeaux…

Bientôt, tous les lutins sont là.
– Vous réveiller a pris beaucoup de temps, dit le père Noël. Il faut faire vite maintenant. Il reste un tronc d'épicéa par là, choisissez un jouet simple à fabriquer. Je commence à charger mon traîneau et je vous rejoins !

L'atelier retrouve sa pleine activité. Les lutins, tout à fait réveillés, se mettent à scier, raboter, poncer, assembler. Et une bonne odeur d'épicéa flotte dans l'air. Quelques heures plus tard, le tronc est transformé en une multitude de petites voitures aux phares noisette ! Elles sont toutes en bois, mais il n'y a pas deux modèles semblables.
– Regardez comme c'est agréable, père Noël, dit un lutin en caressant le bois. Et ça sent si bon… Je suis sûr que les enfants aimeront !
Le père Noël acquiesce et sa barbe s'éclaire d'un grand sourire.
– Merci ! Merci les lutins !
Bientôt, le traîneau chargé de cadeaux file dans la nuit.

Cette année-là, les enfants de ce village se réunissent souvent avec leurs voitures. Ils ont gravé des numéros et font de vraies courses. L'année suivante, filles et garçons demandent d'autres jouets en bois qui sentent bon l'épicéa.

71

Ma lettre au père Noël

Pascale Estellon

11 DÉCEMBRE

Cher père Noël…

Pour moi c'est simple,
Ne te casse pas la tête.
J'aimerais juste
Une mini brouette,
Un paquet de cacahuètes,
Un tambour et une trompette,
Un Yo-yo et un robot,
Des crayons de couleur
Pour dessiner des cœurs,
Un porte-plume pour écrire à la lune,
Un chaton qui fait ronron,
Un camion qui fait pin-pon,
Une cuillère pour manger du miel,
Un stylo magique qui écrit dans le ciel,
Des rubans pour les cheveux de maman,
Une boîte à bidules
Et trois libellules,
Une souris mécanique
Et un porc-épic,
Des marionnettes à main,
Des histoires qui font rire
quand j'ai du chagrin,
Des histoires qui font peur
pour ma petite sœur…
S'il ne manque rien,
Tu peux tout déposer
au pied du sapin…

P.-S. Comme je n'ai pas de timbre,
je t'ai fait un dessin.

Un petit poisson est passé par ici…

Jeu de doigts
On désigne chaque doigt de la main en les dépliant
l'un après l'autre.

12 DÉCEMBRE

Un petit poisson est passé par ici
Celui-ci l'a vu
Celui-ci l'a pêché
Celui-ci l'a fait cuire
Celui-ci l'a mangé
Et qu'est-ce qui reste pour le petit rikiki ?
Rien que les arêtes.

Rabidi bidou

13 DÉCEMBRE

Rabidi bidou,
Une cope, une cope !
Rabidi bidou,
Une cope, cinq sous !
La petite chatte de ma tante Edmée
Est bien malade, en grand danger.
Le docteur lui tâte le pouls
Pauvre petite chatte, elle a mal partout.
Rabidi, bidou,
Une cope, une cope !
Rabidi, bidou,
Une cope, cinq sous !

Dans ma famille, je demande...

Trouve dans cette image :
- le bébé • la maman • le papa
- le grand-père et la grand-mère maternelle
- Le grand-père et la grand-mère paternelle
- le frère et la sœur • le demi-frère et la demi-sœur
- le cousin et la cousine • l'oncle • le grand-oncle d'Amérique • les tantes
- l'arrière-grand-père • la grand-tante

Décembre

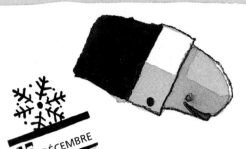

C'est la baleine

Comptine à mimer

On tourne autour de la main de l'enfant et à la fin
de la comptine, on essaie de l'attraper.

15 DÉCEMBRE

C'est la baleine qui court qui vire
Autour d'un petit navire.

Petit navire prends garde à toi
Elle va te manger un doigt.

Marie, trempe ton pain

Chanson à mimer

16 DÉCEMBRE

17 DÉCEMBRE

À la vanille

Comptine pour sauter à la corde

Marie trempe ton pain, Marie trempe ton pain,
Marie trempe ton pain dans la sauce,
Marie trempe ton pain, Marie trempe ton pain,
Marie, trempe ton pain dans le vin.

Nous irons dimanche
À la maison blanche
Toi, en nankin.
Moi, en basin.
Tous deux en escarpins.

À la vanille
Pour les jeunes filles,
Et au citron
Pour les garçons.

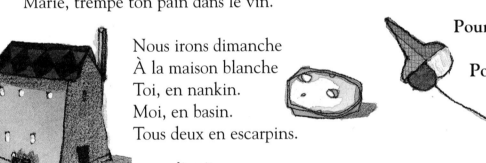

Mon beau sapin

18 DÉCEMBRE

Mon beau sapin,
Roi des forêts,
Que j'aime ta verdure !
Quand, par l'hiver,
Bois et guérets
Sont dépouillés
De leurs attraits,
Mon beau sapin,
Roi des forêts,
Tu gardes ta parure.

Toi que Noël
Planta chez nous
Au saint anniversaire !
Joli sapin,
Comme ils sont doux
Et tes bonbons
Et tes joujoux !
Toi que Noël
Planta chez nous
Tout brillant de lumière.

La surprise de Zack

Edith Soonckindt

Est-ce que j'aurai les cadeaux commandés ?
Il y aura de la neige ? Et si le père Noël m'oubliait ?
C'est en pensant à tout ça que Zack remonte les boules
de Noël de la cave. Il y pense tellement fort qu'il rate une
marche. Patatras, les boules sont par terre en mille éclats. Comme il
a peur de se faire gronder, Zack s'enfuit sous le grand sapin du jardin
pour y pleurer.

Un écureuil malin l'entend sangloter et décide de l'aider. Hop
hop hop, il s'approche du rouge-gorge et lui chuchote son idée.
Flip flap flop, le rouge-gorge s'envole vers les oiseaux pour leur
chanter le secret. Le chat Mistigri, comprenant leur langage,
décide de ne pas manger la souris qu'il tenait. Et miaou miaou
miaou, il lui explique ce qu'il sait. De hop en miaou, de flap
en friiit de souris, l'idée fait le tour de ses amis.

Quand Zack ouvre les yeux, il voit le grand sapin du jardin
décoré ainsi : les souris font des boules de velours blanc et
les rouges-gorges des boules d'un rouge éclatant. Les vers
luisants forment des guirlandes clignotantes. Il y a des fils
d'or et d'argent apportés par les pies. Tout en haut, le rossignol chante, surveillé en bas par Mistigri.
Zack est ravi, puis son visage s'assombrit. Comment
le père Noël saura-t-il où déposer les jouets ?
Alors, il demande à son papa de mettre cet
écriteau sur la cheminée : « Cher père Noël,
le sapin est au fond du jardin. »
Ainsi Zack pourra de nouveau faire plein
de beaux rêves jusqu'à Noël matin.

Le tacot de tatie Mado

Michel Piquemal

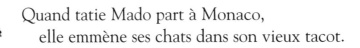

Quand tatie Mado part à Monaco,
elle emmène ses chats dans son vieux tacot.

Sur le siège avant elle met son serpent,
sur le siège arrière Judith sa panthère.

Quand tatie Mado part à Monaco,
c'est un drôle de zoo que son vieux tacot.

Sur le toit ouvrant elle pose ses perruches,
et sur ses genoux son ours en peluche.

Quand tatie Mado part à Monaco,
ça miaule, ça jacasse dans son vieux tacot.

Quelle heure est-il ?

Quelle heure est-il,
Madame Persil ?
Dix heures moins le quart,
Madame Placard.
En êtes-vous sûre,
Madame Chaussure ?
Assurément,
Madame Piment.

Suzette, Suzon et Josette

Suzette met ses chaussons
Suzon met ses chaussettes

Josette sans souci
chaussa ses chaussures
sur son sofa soyeux.

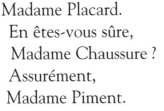

23 DÉCEMBRE

Pour lui

Hubert Ben Kemoun

– Pourtant, j'étais sûre d'avoir acheté des chocolats l'autre jour ! a dit maman.
Depuis dix minutes, elle fouillait dans les placards de la cuisine, à la recherche de cette fameuse boîte.
– Alex, tu n'as rien vu ?
– Non, maman. Comment est-elle, cette boîte ? ai-je demandé d'un air dégagé.
– Toute blanche, avec des étoiles dorées !
– Pas vue, maman ! Et j'ai filé dans ma chambre.

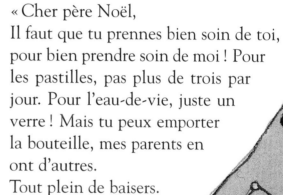

Maman se trompait un peu. Sur le couvercle de la boîte, il y avait aussi plein d'étoiles vertes. Je le savais puisqu'elle était sous mon lit, dans le grand sac avec les pastilles pour la gorge. Je les avais volées quelques jours plus tôt dans l'armoire à pharmacie.
Dans le même sac, j'avais préparé également une de ces petites fioles d'eau-de-vie de poire que mes parents rangent à la cave. Quand papa en boit un petit verre après le repas du dimanche, il dit toujours : « On ne risque pas de mourir de froid avec un truc pareil ! »

Il ne manquait plus que la carte postale ! J'avais déjà fait un brouillon et, pour écrire au propre, je me suis bien appli-

qué. Autant que lorsque j'avais rédigé ma liste de cadeaux.
Il allait être bien étonné de trouver tout cela au pied du sapin demain soir. Les chocolats, l'eau-de-vie et les pastilles.
J'ai relu mon message au dos de la carte que j'avais dessinée :

« Cher père Noël,
Il faut que tu prennes bien soin de toi, pour bien prendre soin de moi ! Pour les pastilles, pas plus de trois par jour. Pour l'eau-de-vie, juste un verre ! Mais tu peux emporter la bouteille, mes parents en ont d'autres.
Tout plein de baisers.
Alex. »

Noïra, la mère Noël

Rolande Causse

Noïra habite en Afrique, au Niger, dans un village près de Niamey. Un jour, elle reçoit un billet d'avion pour Paris. Elle saute de joie, bien qu'elle ait peur de prendre le grand oiseau qui vole vers la France. Noïra s'en va…

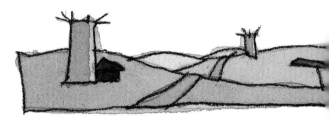

Assise dans l'avion, elle ne cesse de regarder, à travers le hublot, le désert, les dunes, les pistes, les oasis…

Bientôt, l'avion atterrit. Ouf ! elle aperçoit son oncle et sa tante.

Elle se jette dans leurs bras. Babou, son oncle, est chauffeur de taxi, aussi roulent-ils tous les trois vers la capitale qu'il veut lui faire visiter, car demain, c'est Noël.

Paris ressemble à une fête. Partout de l'or, des couleurs, des lumières, des guirlandes, des étoiles argentées et un homme rouge que Babou appelle LE PÈRE NOËL. Dans la nuit, il doit apporter des cadeaux à tous les enfants sages…

À Asnières, où ils habitent, Noïra découvre ses sept cousins et un sapin : « Ici, il faut un arbre, et sous l'arbre on dépose ses chaussures. Sinon, le père Noël ne passe pas… »

Épuisée, Noïra court se coucher.

Le lendemain matin, c'est le charivari. Tous les cousins crient, les chaussures sont recouvertes de paquets. Ficelles coupées, papiers déchirés, des jouets, des jeux, des habits et, pour elle, une superbe robe rouge. Noïra n'en croit pas ses yeux.

Elle passe des vacances extraordinaires mais, tout au long des jours, une idée trotte dans sa tête : « Pourquoi, en Afrique, il n'y a pas de père Noël ? »

Lorsqu'elle retourne à Niamey, Noïra a pris la décision de fêter le prochain Noël en offrant un cadeau à chaque enfant de son village.

Avec sa tante, elle a fait un arrangement.

En Afrique, les garçons aiment fabriquer des voitures et des avions en utilisant des boîtes de conserve et des matériaux de récupération. C'est pour eux un jeu alors que les filles aident leur mère. Noïra expédiera ces objets à Paris et sa tante, en échange, renverra les cadeaux demandés par les enfants du village.

Un 24 décembre, journée sèche et chaude, chacun pose une calebasse ou un panier vide devant sa case. Le lendemain matin, il y trouve un paquet… Les enfants le déballent et admirent un ballon, des crayons, des cahiers, un tee-shirt, une trousse, une robe, une paire de sandales…
Ils rient, ils crient de joie et courent remercier Noïra, la mère Noël…

25 DÉCEMBRE

Douce nuit

Douce nuit, sainte nuit,
Tout s'endort, et seul veille
Le saint couple sur son enfant,
Gracieux enfant bouclé,
Dors, céleste silence,
Dors, céleste silence.

Douce nuit, sainte nuit,
Les bergers les premiers
Ont entendu l'alléluia,
Qui sonnait d'ici et de là,
Car chantaient les anges :
Un sauveur nous est né.

26 DÉCEMBRE

Noël des ramasseurs de neige
(Quand elle tombe à Noël)

Jacques Prévert

Nos cheminées sont vides
nos poches retournées
    ohé ohé ohé
nos cheminées sont vides
nos souliers sont percés
    ohé ohé ohé
et nos enfants livides
dansent devant nos buffets
    ohé ohé ohé

Et pourtant c'est Noël
Noël qu'il faut fêter
fêtons fêtons Noël
ça se fait chaque année
ohé la vie est belle
    ohé joyeux Noël

Mais v'là la neige qui tombe
qui tombe de tout en haut
elle va se faire mal
en tombant de si haut
    ohé ohé ého

Pauvre neige nouvelle
courons courons vers elle
courons avec nos pelles
courons la ramasser
puisque c'est notre métier
    ohé ohé ohé

Jolie neige nouvelle
toi qu'arrives du ciel
dis-nous dis-nous la belle
    ohé ohé ohé
quand est-ce qu'à Noël
tomberont de là-haut
des dindes de Noël
avec leurs dindonneaux
    ohé ohé ého !

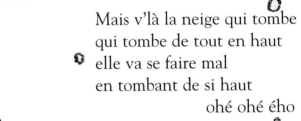

27 DÉCEMBRE

Le tour de ma maison

Comptine à mimer

Je fais le tour
   de ma maison :
(l'index fait le tour du visage)

Bonjour, papa !
(l'index se pose sur un œil)

Bonjour, maman !
 (l'index se pose sur l'autre œil)

Je monte l'escalier,
(l'index et le majeur grimpent
   sur le nez)

Je sonne à la porte : DRING !
(l'index appuie sur le nez)

J'essuie mes pieds sur le paillasson,
 (index et majeur sous le nez)

Et je rentre : HOP !
(le pouce rentre dans la bouche)

Madame Hermine

Jean-Hugues Malineau

28 DÉCEMBRE

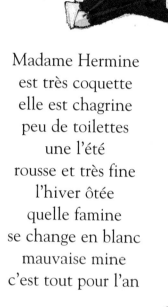

Madame Hermine
est très coquette
elle est chagrine
peu de toilettes
une l'été
rousse et très fine
l'hiver ôtée
quelle famine
se change en blanc
mauvaise mine
c'est tout pour l'an

29 DÉCEMBRE

Scions du bois

Scions, scions, scions du bois
Pour la mère, pour la mère,
Scions, scions, scions du bois

Pour la mère Nicolas
Qui a cassé ses sabots
En mille morceaux.

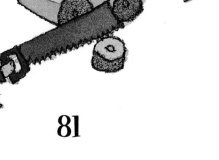

30 DÉCEMBRE

Mon âne

Chanson à récapitulation

Mon âne, mon âne
A bien mal à la tête.
Madame lui a fait faire
Un bonnet pour sa fête *(bis)*
Et des souliers lilas, la, la,
Et des souliers lilas.

Mon âne, mon âne,
A bien mal aux oreilles.
Madame lui a fait faire
Une paire de boucles d'oreilles, *(bis)*
Un bonnet pour sa fête
Et des souliers lilas, la, la,
Et des souliers lilas.

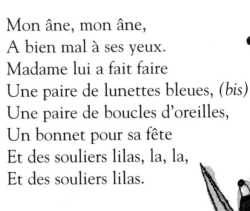

Mon âne, mon âne,
A bien mal à ses yeux.
Madame lui a fait faire
Une paire de lunettes bleues, *(bis)*
Une paire de boucles d'oreilles,
Un bonnet pour sa fête
Et des souliers lilas, la, la,
Et des souliers lilas.

Mon âne, mon âne,
A bien mal à ses dents.
Madame lui a fait faire
Un râtelier d'argent, *etc.*

Mon âne, mon âne,
A mal à l'estomac.
Madame lui a fait faire
Une tasse de chocolat, *etc.*

31 DÉCEMBRE

Trois petits minous

Trois petits minous, qui avaient perdu
leurs mitaines s'en vont trouver leur mère :
– Maman, nous avons perdu nos mitaines.
– Perdu vos mitaines ? Vilains petits minous,
vous n'aurez pas de crème au chocolat…

Trois petits minous, qui avaient retrouvé
leurs mitaines s'en vont trouver leur mère :
– Maman, nous avons retrouvé nos mitaines.
– Retrouvé vos mitaines ? Gentils petits minous,
vous aurez plein de crème au chocolat…

1ER JANVIER

Bonne année, Camille !

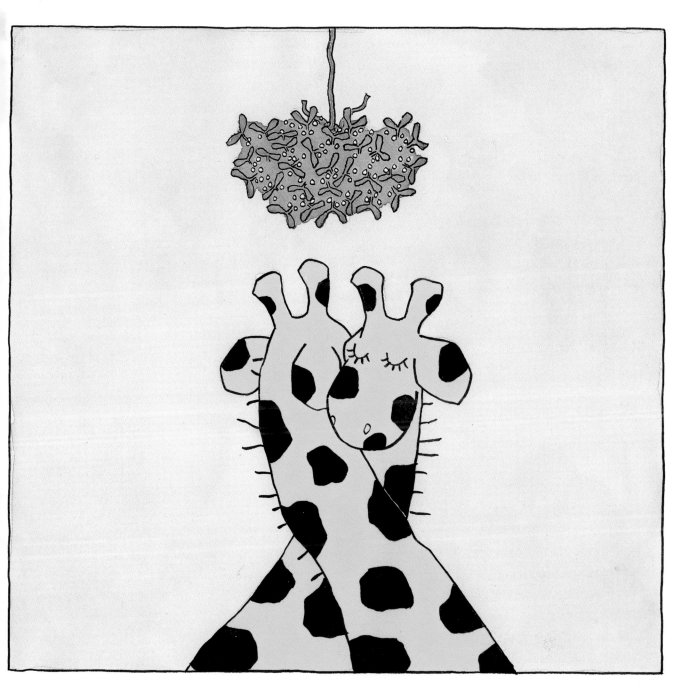

2 JANVIER

À quoi ça sert de s'habiller ?

Sylvaine Hinglais

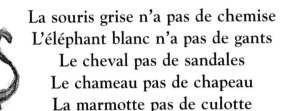

La souris grise n'a pas de chemise
L'éléphant blanc n'a pas de gants
Le cheval pas de sandales
Le chameau pas de chapeau
La marmotte pas de culotte
Le mille-pattes ne met pas de chaussures
Ni de bretelles ni de ceinture
Et l'araignée pas de cache-nez
Alors ?
À quoi ça sert de s'habiller ?

Mon père m'a donné un mari

3 JANVIER

Mon père m'a donné un mari,
Mon Dieu quel homme, quel petit homme !
Mon père m'a donné un mari,
Mon Dieu quel homme, qu'il est petit !

D'une feuille on fit son habit,
Mon Dieu quel homme…

Dedans mon lit je le perdis,
Mon Dieu quel homme…

Le chat l'a pris pour une souris,
Mon Dieu quel homme…

Au chat, au chat, c'est mon mari,
Mon Dieu quel homme…

J'prends la chandelle, je cherche après lui,
Mon Dieu quel homme…

Le feu à la paillasse a pris,
Mon Dieu quel homme…

Mon petit mari fut rôti,
Mon Dieu quel homme…

Jamais d'ma vie je n'ai tant ri,
Mon Dieu quel homme…

Pour me consoler, je me dis :
Mon Dieu quel homme…

J'ai la fève

Canon

J'ai la fève, je suis roi,
La couronne est donc à moi,
Le roi boit, le roi boit,
J'ai la fève, je suis roi.

4 JANVIER

J'aime la galette

J'aime la galette,
Savez-vous comment ?
Quand elle est bien faite
Avec du beurre dedans.
Tra la la la la la la la lère } bis
Tra la la la la la la la la

5 JANVIER

De bon matin

JANVIER

De bon matin, j'ai rencontré le train
De trois grands rois qui partaient en voyage,
De bon matin, j'ai rencontré le train
De trois grands rois dessus le grand chemin.
Venaient d'abord des gardes du corps,
Des gens armés avec trente petits pages,
Venaient d'abord des gardes du corps,
Des gens armés dessus leurs justaucorps.
Puis sur un char, parmi les étendards,
Venaient trois rois modestes comme d'anges,
Puis sur un char, parmi les étendards,
C'est Melchior, Balthazar et Gaspard.
L'étoile luit et les rois conduit
Par longs chemins devant une pauvre étable,
L'étoile luit et les rois conduit
Par longs chemins devant l'humble réduit.

1, 2, 3, 4, 5 petits doigts

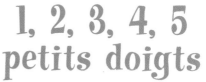

Comptine à mimer

7 JANVIER

1, 2, 3, 4, 5
Cinq petits doigts sur la main
Cinq petits doigts coquins
Pique, pique, pique, pique, pique
Gratte, gratte, gratte, gratte, gratte
Frotte, frotte, frotte, frotte, frotte
Tape, tape, tape, tape, tape
Et caresse doucement

Qu'est-ce qui est le plus beurk ?

Pierre Coré

– Et t'aimes les choux de Bruxelles ?
– Oh oui, j'adore ça…
– Et les escargots, t'aimes aussi ?
– Miam, c'est trop bon !
– Et la cervelle d'agneau, t'aimes quand même pas
la cervelle d'agneau ?
– Siiiii ! Même la cervelle d'agneau,
et les tripes aussi.
– Les salsifis ! C'est impossible que tu aimes
les salsifis. Personne n'aime les salsifis !
– Moi, j'aime bien les salsifis.

– Et les frites ?
– Aaaah beurk ! Quelle horreur !
– Les pommes dauphines ?
– Pouah ! C'est trop dégoûtant !
– Les poissons panés, les pâtes, les yaourts à la fraise ?
– Au secours !
– Les bonbons ?
– Plutôt mourir !
– Une petite question… D'où tu viens exactement ?

– Tu vois la petite planète à gauche de Pluton ?
À quatre années-lumière, juste en biais…
– La toute petite, là-bas au fond ?
– Oui, celle-là. Eh bien je viens de là.
– T'es un extraterrestre, alors ?
– Oui, pourquoi ?
– Pour rien, pour rien…
– Tu m'as l'air bien songeur tout d'un coup !
– Je me demande si, finalement, les grands
ne sont pas des extraterrestres…
Ça expliquerait bien des choses.

C'est la mère Michel

C'est la mère Michel qui a perdu son chat.
Elle crie par la fenêtre à qui le lui rendra.
C'est le père Lustucru qui lui a répondu :
– Allez, la mère Michel, votre chat n'est pas perdu.
Sur l'air du tralala, *(bis)*
Sur l'air du tradéridéra
Et tralala.

C'est la mère Michel qui lui a demandé :
– Mon chat n'est pas perdu, vous l'avez donc trouvé.
C'est le père Lustucru qui lui a répondu :
– Donnez une récompense, il vous sera rendu.
Sur l'air du tralala…

C'est la mère Michel qui dit : – C'est décidé,
Rendez-moi donc mon chat, vous aurez un baiser.
Mais le père Lustucru qui n'en a pas voulu
Lui dit : « Pour un lapin, votre chat est vendu. »
Sur l'air du tralala…

Am stram gram

Comptine pour désigner

Am stram gram
pique et pique et colégram
bourre et bourre
et ratatam
am stram gram
pique dame

Patatrac mon anorak

*Paroles et musique :
Anne Sylvestre*

Patatrac mon anorak
Roule roule ma cagoule
Patatrac mon anorak
Hé hé hé mes gros souliers.

On ne voit plus que mon nez
Moi je vais me promener.

12 JANVIER

Pour faire le portrait d'un oiseau

Jacques Prévert

Peindre d'abord une cage
avec une porte ouverte
peindre ensuite
quelque chose de joli
quelque chose de simple
quelque chose de beau
quelque chose d'utile
pour l'oiseau
placer ensuite la toile contre un arbre
dans un jardin
dans un bois
ou dans une forêt
se cacher derrière l'arbre
sans rien dire
sans bouger...
Parfois l'oiseau arrive vite
mais il peut aussi bien mettre de longues années
avant de se décider
Ne pas se décourager
attendre
attendre s'il le faut pendant des années
la vitesse ou la lenteur de l'arrivée de l'oiseau
n'ayant aucun rapport
avec la réussite du tableau

Quand l'oiseau arrive
s'il arrive
observer le plus profond silence
attendre que l'oiseau entre dans la cage
et quand il est entré
fermer doucement la porte avec le pinceau
puis
effacer un à un tous les barreaux
en ayant soin de ne toucher aucune des plumes de l'oiseau

Faire ensuite le portrait de l'arbre
en choisissant la plus belle
de ses branches
pour l'oiseau
peindre aussi le vert feuillage et la fraîcheur du vent
la poussière du soleil
et le bruit des bêtes de l'herbe dans la chaleur de l'été
et puis attendre que l'oiseau se décide à chanter
Si l'oiseau ne chante pas
c'est mauvais signe
signe que le tableau est mauvais
mais s'il chante c'est bon signe
signe que vous pouvez signer

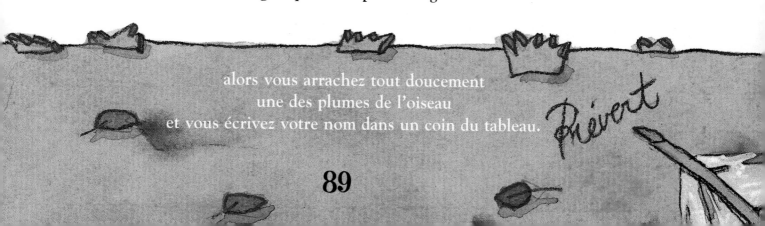

alors vous arrachez tout doucement
une des plumes de l'oiseau
et vous écrivez votre nom dans un coin du tableau.   Prévert

Chanson pour les enfants l'hiver

Jacques Prévert

Dans la nuit de l'hiver
galope un grand homme blanc
galope un grand homme blanc

C'est un bonhomme de neige
avec une pipe en bois
un grand bonhomme de neige
poursuivi par le froid

Il arrive au village
il arrive au village
voyant de la lumière
le voilà rassuré

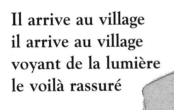

Dans une petite maison
il entre sans frapper
Dans une petite maison
il entre sans frapper
et pour se réchauffer
et pour se réchauffer
s'assoit sur le poêle rouge
et d'un coup disparaît
ne laissant que sa pipe
au milieu d'une flaque d'eau
ne laissant que sa pipe
et puis son vieux chapeau...

Au secours, maman Loup !

Geneviève Noël

Une nuit, Roudoudou se réveille en hurlant : « Maman, au secours ! »
Maman Loup bondit dans la chambre de Roudoudou. Et le petit loup
se blottit dans ses bras :
– Hou, hou, il y a un cochon féroce caché sous mon lit !
Sans s'affoler, maman Loup se met à quatre pattes. Elle regarde
le cochon droit dans les yeux et crie :
– Méchant cochon, si tu continues à embêter Roudoudou, je ferai
trois nœuds à ta queue !

90

Le cochon féroce a très peur. Et il s'enfuit si vite que Roudoudou ne réussit pas à le voir.

– Ma maman à moi n'a peur de rien, chante Roudoudou en se recouchant.

Ravie, maman Loup retourne dans son lit. Elle va éteindre la lumière quand elle voit les rideaux de la fenêtre bouger. Terrorisée, maman Loup se jette dans les bras de papa Loup :

– Au secours, il y a une araignée géante cachée derrière les rideaux !

À moitié réveillé, papa Loup grogne en secouant les rideaux :

– Méchante araignée, si tu continues à embêter maman Loup, je vais te ligoter comme un rôti de porc.

L'araignée géante a très très peur. Et elle s'enfuit si vite que maman Loup ne réussit pas à la voir. Rassurée, elle soupire :

– Mon mari à moi n'a peur de rien !

Tout content, papa Loup s'allonge dans son lit. Il va éteindre la lumière quand il entend un drôle de bruit venant du placard. Affolé, il hurle :

– Au secours ! Il y a un requin avec mille dents caché dans le placard !

Roudoudou et maman Loup se relèvent et ouvrent la porte du placard. Ils crient :

– Méchant requin, si tu continues à embêter papa Loup, on t'arrachera toutes tes dents.

Le requin a très très très peur. Et il s'enfuit si vite que papa Loup ne réussit pas à le voir. Soulagé, il chantonne :

– Mon Roudoudou et maman Loup n'ont vraiment peur de rien !

Rassurée, la famille Loup s'endort aussitôt. Maintenant, tout est calme dans la maison.

Janvier

Promenade dans la ville

15 JANVIER

Trouve dans cette image :
- un trottoir
- un réverbère
- un feu tricolore
- un passage pour piétons
- un arrêt d'autobus
- un camion de pompiers
- un facteur
- des poubelles
- un monument
- une bouche de métro
- des pigeons
- une antenne de télévision
- une ambulance
- une plaque d'égout
- une boîte aux lettres
- une cabine de téléphone
- un cinéma
- un drapeau
- un échafaudage
- un hôtel
- un gratte-ciel
- un parcmètre
- un panneau indicateur
- un passant
- un taxi

Frédéric, tic, tic

Frédéric
tic, tic
dans sa petite boutique
marchand d'allumettes
dans sa petite brouette.

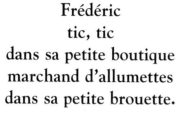

16 JANVIER

Tuons le coq

Canon

Tuons le coq,
Tuons le coq ! } *bis*
Il ne dira plus :
Cocodi Cocoda
Il ne dira plus :
Coco daria !

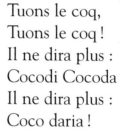

17 JANVIER

Devinette pour les esquimaux

Michel Piquemal

8 JANVIER

Il fait tout noir dans cette salle
mais on y voit plein de couleurs
et sans bouger d'un petit poil
on rit, on pleure ou l'on a peur.

On est assis, chacun sa place,
dans de grands fauteuils luxueux,
et on peut y manger une glace
si l'on sent un petit creux.

C'est aussi grand que cent télés
mais il faut payer l'entrée.
Trouve le nom de cet endroit
et je t'invite au…

cinéma

93

La maison que Jack a bâtie

Ça, c'est la maison
Que Jack a bâtie.

Et voilà le maïs doré
Qui était dans la maison
Que Jack a bâtie.

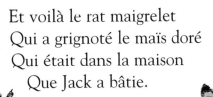

Et voilà le rat maigrelet
Qui a grignoté le maïs doré
Qui était dans la maison
Que Jack a bâtie.

Et voilà le chat affamé
Qui a tué le rat maigrelet
Qui a grignoté le maïs doré
Qui était dans la maison
Que Jack a bâtie.

Et voilà le chien de berger
Qui a attaqué le chat affamé
Qui a tué le rat maigrelet
Qui a grignoté le maïs doré
Qui était dans la maison
Que Jack a bâtie.

Et voilà la vache affolée
Qui a encorné le chien de berger
Qui a attaqué le chat affamé
Qui a tué le rat maigrelet
Qui a grignoté le maïs doré
Qui était dans la maison
Que Jack a bâtie.

Et voilà la servante musclée
Qui a rattrapé la vache affolée
Qui a encorné le chien de berger
Qui a attaqué le chat affamé
Qui a tué le rat maigrelet
Qui a grignoté le maïs doré
Qui était dans la maison
Que Jack a bâtie.

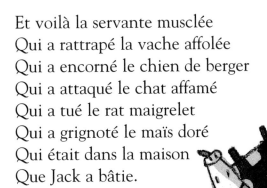

Et voilà le petit gringalet
Qui a embrassé la servante musclée
Qui a rattrapé la vache affolée
Qui a encorné le chien de berger
Qui a attaqué le chat affamé
Qui a tué le rat maigrelet
Qui a grignoté le maïs doré
Qui était dans la maison
Que Jack a bâtie.

Et voilà le maire du comté
Qui a marié le petit gringalet
Qui a embrassé la servante musclée
Qui a rattrapé la vache affolée
Qui a encorné le chien de berger
Qui a attaqué le chat affamé
Qui a tué le rat maigrelet
Qui a grignoté le maïs doré
Qui était dans la maison
Que Jack a bâtie.

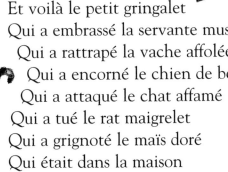

La pie voleuse

Sylvaine Hinglais

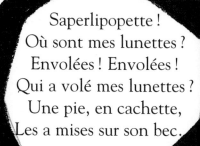

Saperlipopette !
Où sont mes lunettes ?
Envolées ! Envolées !
Qui a volé mes lunettes ?
Une pie, en cachette,
Les a mises sur son bec.

Où est la pie ?
Envolée
Envolée par la fenêtre !
Avec mes lunettes ?
Saperlipopette !

Mirlababi, surlababo

Victor Hugo

Mirlababi, surlababo
Mirliton ribon ribette
Surlababi mirlababo
Mirliton ribon ribo

Ah ! vous dirai-je, maman

Ah ! vous dirai-je, maman,
Ce qui cause mon tourment :
Papa veut que je raisonne
Comme une grande personne.
Moi, je dis que les bonbons
Valent mieux que la raison.

Princesse Julie

Michelle Nikly

23 JANVIER

Le papa de Julie avait un magasin de vêtements très connu, dans le centre de la ville, appelé « Le Roi du Pantalon ». Bien sûr, lorsque Julie naquit, elle fut aussitôt surnommée « La Princesse ». Au début, elle trouvait ça plutôt joli d'être une princesse, comme les héroïnes de ses contes préférés. Mais plus tard, quand elle alla à l'école et qu'on commença à lui dire, en se moquant d'elle : « Eh, Julie, puisque ton papa c'est le Roi, alors toi tu es la Princesse du Pantalon ! », elle ne trouva plus ça aussi agréable. Et lorsqu'on l'affublait de surnoms tels que : « Princesse des Culottes »… elle avait envie de rentrer sous terre et de ne plus être la fille d'un roi, et surtout pas d'un Roi du Pantalon ! Cela amusait beaucoup ses camarades qui, dès qu'il était question de princesse dans une lecture, la montraient du doigt en riant et en inventant de nouvelles astuces.

Mais un jour, par extraordinaire, ils la laissèrent en paix.

Un nouveau était arrivé dans la classe et il s'appelait… Dagobert Leroy. Ils se déchaînèrent immédiatement contre lui. « Eh, Leroy Dagobert ! T'as mis ta culotte à l'envers ! », se mirent à chanter les moins inspirés. D'autres eurent plus d'imagination : « Va donc voir le papa de Julie, il te fera un pantalon avec deux fermetures Éclair, une devant et une derrière ! »

Le pauvre Dagobert était au bord des larmes, lorsque Julie vint courageusement à son secours. « Laissez-le tranquille ! Vous n'en avez pas assez de passer votre temps à vous moquer ? À partir de maintenant, on est deux, alors attention à vous ! »

Julie et Dagobert devinrent inséparables.
À deux, les plaisanteries ne les atteignaient plus de la même façon.
À peine s'ils y prêtaient attention.
Voyant qu'ils ne réagissaient plus, les moqueurs finirent par se lasser et les laissèrent tranquilles.
Ce fut, entre Julie et Dagobert, le début d'une grande amitié.
Quelques années plus tard, elle se transforma en grand amour. Ils se marièrent et eurent plusieurs petits princes qui, grâce à leur grand-père, le Roi du Pantalon, furent toujours bien culottés !

C'est la cloche du vieux manoir

Canon

C'est la cloche du vieux manoir,
Du vieux manoir,
Qui sonne le retour du soir,

Le retour du soir.
Ding, dang, dong,
Ding, dang, dong.

Larmes d'oignon

Anne-Lise Fontan

Un oignon à l'air grincheux,
des larmes dans les yeux,
voulait qu'on l'aime mieux.

Un cuisinier à spatules,
grand amateur dudit bulbe,
consola l'incrédule :

« Il n'y a que toi qui rehausses
tant de mets et tant de sauces,

Ami oignon, réjouis-toi
Tu fais d'un simple repas
un dîner digne d'un roi. »

Un tel éloge eut raison
des sanglots de ce grognon.
Et que vive la soupe à l'oignon !

Les moutons noirs

Guillaume Apollinaire

Les moutons noirs des nuits d'hiver
S'amènent en longs troupeaux tristes.
Les étoiles parsèment l'air
Comme des éclats d'améthyste.

La couette sur la tête

Anne Weiss

27 JANVIER

D'abord un chuchotement :
« Debout, mon petit chou… »
Une ombre dans ma chambre
et puis des pas feutrés,
la petite pluie de la douche,
le glou-glou du café,
l'odeur du pain grillé.
Surtout ne pas bouger,
comme si de rien n'était,
faire celui qu'a rien vu
	et qu'a rien entendu.
« Debout, debout, debout »
murmure la voix pressée.
Je fais la sourde oreille.
« C'est l'heure de se lever »
Mais j'ai encore sommeil…

« Allez, debout, mon gars ! »
Aïe ! Papa !
Je m'enfonce sous les draps,
la couette sur la tête.

Alors… je suis happé, lavé,
débarbouillé, coiffé, emmitouflé,
et me voilà tout prêt, debout sur le palier,
avec dans chaque main une tartine beurrée.
Hop, les bras de papa, ma tête sur son épaule,
pas besoin de paroles, je lis dans son regard :
« Tu es encore en retard, en retard à l'école ! »

Bientôt, sur le chemin,
je cours à côté de lui.
Il se penche, il me parle
« Moi, quand j'étais petit… »,
et puis il me sourit.
Pareil, tous les matins…

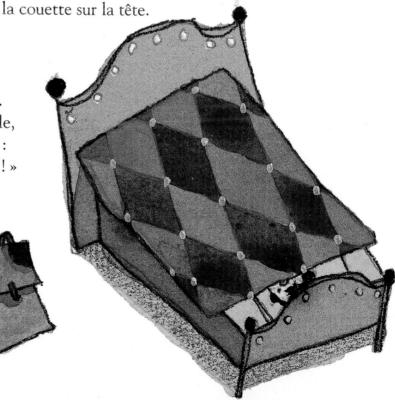

Le chat de Natacha

28 JANVIER

Natacha n'attacha pas son chat Pacha qui s'échappa.
Cela fâcha Sacha qui chassa Natacha.

29 JANVIER

La famille Hoquet

Nadine Walter, de Jo & Lo

Bébé Antonin a le hoquet.
Houps !... Houps !... Houps !...
Il ouvre des yeux ronds. Maman secoue la tête :
« Ne t'en fais pas, c'est la famille Hoquet.
Chaque fois qu'elle se revoit,
la famille Hoquet saute dans ton ventre
et le père Hoquet vérifie que tout le monde est là.
Il demande : Maman ? Et la maman répond : OK !
Fiston ?

Et le fiston répond : OK !

Grand-papa ? OK !

Arrière-bon-papa ? OK !

Cousin ? OK !

Sœurette ? OK !

Grand-maman ? OK !

Arrière-bonne-maman ? OK !

Cousine ? OK !

et ainsi de suite, jusqu'à ce que tout le monde ait dit OK !
Parfois ce n'est qu'une petite famille Hoquet.
Mais d'autres fois, c'est une grande famille Hoquet,
avec des frères, des sœurs, des cousins, des cousines,
des beaux-pères, des belles-mères, des oncles, des tantes…
Tu as compris ? »
Bébé Antonin sourit et son petit corps sursaute : OK !

30 JANVIER

Barbe verte

Sylvaine Hinglais

Barbe Bleue
a fait peindre sa barbe

Un jour en noir
il avait l'air sinistre

Un jour en rouge
mais c'était trop voyant

Un jour en jaune
ça faisait maladif

Un jour couleur
de l'arc-en-ciel
Un jour couleur
de mirabelle

Finalement
c'est encore le bleu
qui me va le mieux, dit-il
Mais entre-temps ses poils
étaient devenus blancs
Barbe Bleue avait cent ans

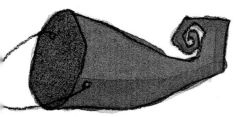

31 JANVIER

Bonjour, ma cousine

Chanson à mimer

– Bonjour, ma cousine.
– Bonjour, mon cousin germain.
On m'a dit que vous m'aimiez,
Est-ce bien la vérité ?
– Je ne m'en soucie guère, *(bis)*
Passez par ici et moi par là,
Au revoir, ma cousine, et puis voilà !

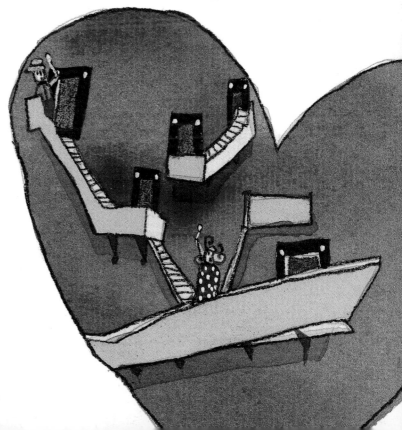

101

1ER FÉVRIER

La crêpe Camille

La danse des brosses

Françoise Bobe

Brosse, brosse mes souliers
Voyez comme ils vont briller

Brosse, brosse mes habits
Voyez comme ils sont jolis

Brosse, brosse mes cheveux
Voyez comme ils sont soyeux

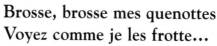

Brosse, brosse mes quenottes
Voyez comme je les frotte...

Comme cela et comme ceci
Je fais la chasse aux caries
Maintenant je vais au lit
Et je vous dis bonne nuit !

Matin d'hiver

Guy-Charles Cros

On s'éveille,
Du coton dans les oreilles
Une petite angoisse douce
Autour du cœur, comme mousse !

C'est la neige
L'hiver blanc
Sur ses semelles de liège,
Qui nous a surpris, dormant.

4 FÉVRIER

Vent frais

Canon

Vent frais, vent du matin
Vent qui souffle au sommet des grands pins
Joie du vent qui souffle,
allons dans le grand
Vent frais...

Qui veut jouer avec Romarin ?

5 FÉVRIER

Geneviève Noël

Ce matin, Romarin le lapin sautille sur le chemin en chantant :
– Youpi la lère, l'hiver est là ! Comme je suis très content, je vais faire un bonhomme de neige avec mes copains !
– Où sont tes copains ? s'étonne l'ours brun en enfilant son bonnet de laine.
– Heu… bredouille Romarin, si tu veux, tu peux être mon copain, et faire un bonhomme de neige avec moi.
– J'aime pas l'hiver ! Je préfère dormir en attendant que les beaux jours arrivent, répond l'ours brun.
Et clac, il ferme sa porte à clé.

– Je m'en fiche, grogne Romarin en trottinant sur le chemin. Dans une petite minute, j'aurai trouvé un autre copain.
– Hi hi, siffle la marmotte en faisant un petit pipi devant sa porte. Je veux pas être ta copine. Je préfère hiberner dans ma maison en attendant que la neige fonde.
Et clic, elle ferme ses volets.
– Je m'en fiche super fiche, grogne Romarin en bondissant sur le chemin. Dans une toute petite minute, j'aurai trouvé un autre copain.

– Je veux pas être ton copain, susurre Gaston le hérisson en boutonnant son cardigan. Je préfère dormir sous la mousse en attendant que le soleil revienne.

D'un seul coup, le cœur de Romarin se casse en trois. Et il hurle :

– Ouin in in, je suis un petit lapin solitaire ! Tout le monde dort l'hiver. Personne ne veut faire un bonhomme de neige avec moi !

Alors, comme par magie, Mistigri le chat gris sort de son taillis :

– Arrête de pleurnicher ! Je veux bien être ton copain et faire un bonhomme de neige avec toi.

– Moi aussi, aboie Firmin le chien en lui donnant un coup de tête.

– Moi aussi, crie Gaspard le renard en lui mordillant l'oreille droite.

Alors, comme c'est bizarre, le cœur de Romarin devient tout doux, tout chaud. Et il chante :

– Youpi la lère, avec mes trois nouveaux copains, je vais faire un bonhomme de neige si beau, si grand, qu'il touchera le ciel. Et il réveillera le soleil. Il brillera fort, très fort...

Alors, l'ours, la marmotte et le hérisson sortiront de leur cachette en chantant :

"L'hiver, c'est pas fait pour dormir, mais pour jouer dans la neige avec Romarin et ses copains."

Pie niche haut

Pour faire semblant de parler
une autre langue

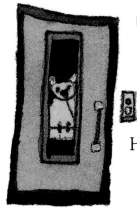

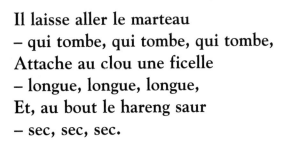

Pie niche haut
Oie niche bas
Où niche hibou ?
Hibou niche ni haut ni bas
Hibou niche pas.

Il laisse aller le marteau
– qui tombe, qui tombe, qui tombe,
Attache au clou une ficelle
– longue, longue, longue,
Et, au bout le hareng saur
– sec, sec, sec.

Il redescend de l'échelle
– haute, haute, haute,
L'emporte avec le marteau
– lourd, lourd, lourd,
Et puis, il s'en va ailleurs
– loin, loin, loin.

Le hareng saur

Charles Cros

Et, depuis, le hareng saur
– sec, sec, sec,
Au bout de cette ficelle
– longue, longue, longue,
Très lentement se balance
– toujours, toujours, toujours.

Il était un grand mur blanc
– nu, nu, nu,
Contre le mur une échelle
– haute, haute, haute,
Et, par terre, un hareng saur
– sec, sec, sec.

Il vient, tenant dans ses mains
– sales, sales, sales,
Un marteau lourd, un grand clou
– pointu, pointu, pointu,
Un peloton de ficelle
– gros, gros, gros.

Alors il monte à l'échelle
– haute, haute, haute,
Et plante le clou pointu
– toc, toc, toc,
Tout en haut du grand mur blanc
– nu, nu, nu.

J'ai composé cette histoire
– simple, simple, simple,
Pour mettre en fureur les gens
– graves, graves, graves,
Et amuser les enfants
– petits, petits, petits.

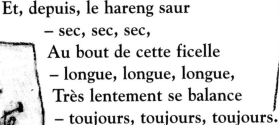

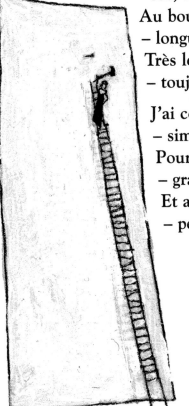

Le brouillard

Maurice Carême

Le brouillard a tout mis
Dans son sac de coton.
Le brouillard a tout pris
Autour de ma maison.

Plus de fleurs au jardin,
Plus d'arbres dans l'allée ;
La serre du voisin
Semble s'être envolée.

Et je ne sais vraiment
Où peut être posé
Le moineau que j'entends
Si tristement crier.

En pleine forme

Jean-Hugues Malineau

Vive les clowns au nez rouge, au nez rond
Aux épaules carrées et au chapeau melon
Et bien au-dessus de la piste
Les acrobates au trapèze
Et l'otarie équilibriste
Avec un ballon et deux chaises.
L'écuyère comme une étoile dorée
L'haltérophile aux poids carrés
Monsieur Loyal au chapeau conique
Et Gugusse aux chaussons comiques.
Mais sans fouet sans cri sans peur
J'ai surtout aimé le dompteur
Sur un cube grognait un lion
Qui sur un air d'accordéon
Sautait dans un cercle de feu !
En rêverai-je un petit peu ?

Je ne sais quelle forme étrange
Prendront les songes sous mes yeux
Ronds ou carrés, cercles ou losanges
Je m'endors en tout cas comme un ange.

L'orage

Edith Soonckindt

« Quelle punition ! pense Nathan. C'est aujourd'hui que Paul, l'ami de maman, vient habiter à la maison. Je vais devoir partager ma chambre avec son fils Joé. Il voudra lire mes livres, toucher mes jouets, il passera son temps à m'embêter… »

Nathan n'est toujours pas ravi lorsque arrive sa première nuit avec Joé. Au-dehors, ça souffle comme jamais. Vouuuuuuuuuf, fait le vent et boum bang, les volets se mettent à claquer. Puis voilà que la pluie tombe en rafales serrées : ratatatatoum. Le tonnerre éclate, cracaboum ! Nathan voudrait bien allumer, mais le vent a fait s'envoler l'électricité.

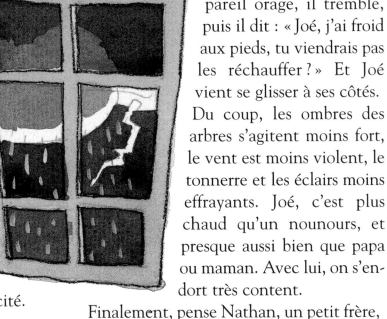

Il n'est pas très rassuré. Il lance à Joé : « Moi, j'aime pas quand mon papa n'est pas là. »

Joé répond : « Moi, j'aimerais bien que ma maman, elle soit avec moi. »

Vouuuuuf. Bang. Le vent reprend. Puis les éclairs illuminent la chambre, même sous les couvertures, on ne peut leur échapper.

Nathan n'a jamais vu pareil orage, il tremble, puis il dit : « Joé, j'ai froid aux pieds, tu viendrais pas les réchauffer ? » Et Joé vient se glisser à ses côtés. Du coup, les ombres des arbres s'agitent moins fort, le vent est moins violent, le tonnerre et les éclairs moins effrayants. Joé, c'est plus chaud qu'un nounours, et presque aussi bien que papa ou maman. Avec lui, on s'endort très content.

Finalement, pense Nathan, un petit frère, ça tient drôlement chaud au cœur quand on a peur. Et c'est chouette que maman ait un nouveau papa pour les soirs où ses pieds sont froids !

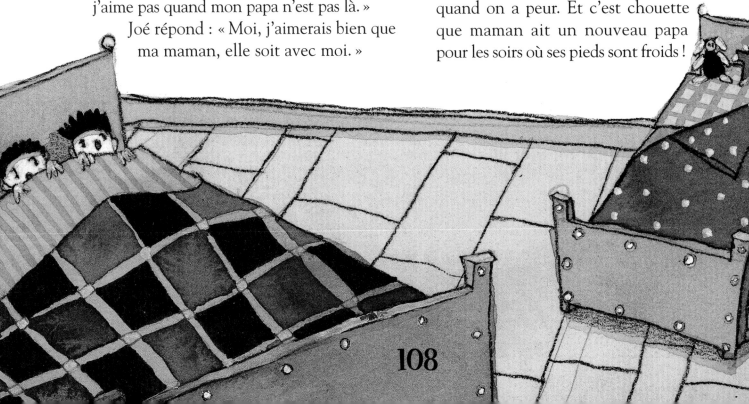

Le tourbillon

Paroles et musique : Bassiak

Elle avait des bagues à chaque doigt
Des tas de bracelets autour des poignets
Et puis elle chantait avec une voix
Qui sitôt m'enjôla

Elle avait des yeux, des yeux d'opale
Qui me fascinaient, qui me fascinaient
Y avait l'ovale de son visage pâle
De femme fatale qui me fut fatal *(bis)*

On s'est connu, on s'est reconnu
On s'est perdu d'vue, on s'est r'perdu d'vue
On s'est retrouvé, on s'est réchauffé
Puis on s'est séparé

Chacun pour soi est reparti
dans l'tourbillon d'la vie
J'l'ai revue un soir, aïe aïe aïe,
Ça fait déjà un fameux bail *(bis)*

Quand on s'est connu, quand on s'est reconnu
Pourquoi s'perdre de vue, se reperdre de vue ?
Quand on s'est retrouvé, quand on s'est réchauffé,
Pourquoi se séparer ?
Alors tous les deux, on est r'parti dans
   l'tourbillon d'la vie
On a continué à tourner
Tous les deux enlacés *(ter)*

La puce a de l'astuce

Andrée Chédid

**La puce a de l'astuce
Papa n'en a pas
C'est pourquoi
C'est pourquoi
Papa est piqué
La puce pas.**

En voyage

Il faut que j'aille
À Calcutta
Chercher du bois
Pour mon papa.
Il faut que j'aille
En Angleterre
Chercher du thé
Pour ma grand-mère.

Il faut que j'aille
À Bornéo
Faire réparer
Ma p'tite auto.
Les amis,
Laissez-moi passer,
Je suis vraiment pressé.

Lili chérie

Véronique M. Le Normand

14 FÉVRIER

Lili, ma chérie,
je t'aime, je t'adore.

Tu es la plus belle, la plus gentille.
Quand on sera grand, tu pourras me
demander en mariage, je t'épouserai.
Je ne veux pas que tu aies du chagrin.
Je ne veux pas que tu aies mal.
Si tu meurs, je me tuerai
pour pas que tu t'ennuies.
Je t'aime à la folie.

Si tu m'aimes aussi,
mets une croix dans le petit carré en face du oui.
Tu m'aimes :

Oui ❏
Non ❏

Si tu m'aimes,
tu peux m'embrasser à la récréation,
car aujourd'hui c'est ma fête et celle de tous les amoureux.

Signé : Valentin

Tout schuss !

15 FÉVRIER

Trouve
dans cette image :
• des skis
• un remonte-pente
• un téléphérique
• une luge
• un bonhomme de neige
• un moniteur
• un bar
• un surf
• un chalet
• un sapin
• des télécabines

Cadet Rousselle

Cadet Rousselle a trois maisons *(bis)*
Qui n'ont ni poutres ni chevrons. *(bis)*
C'est pour loger les hirondelles,
Que direz-vous de Cadet Rousselle ?

Refrain
   Ah ! ah ! ah ! oui vraiment
    Cadet Rousselle est bon enfant.

    Cadet Rousselle a trois habits *(bis)*
Deux jaunes et l'autre en papier gris. *(bis)*
Il met celui-là quand il gèle
Ou quand il pleut ou quand il grêle.

Refrain

Cadet Rousselle a une épée *(bis)*
Très longue mais toute rouillée. *(bis)*
On dit qu'elle n'est ni bonne ni belle,
C'est pour faire peur aux hirondelles.

Refrain

Le chagrin

Anne-Lise Fontan

Une simple pluie salée,
gouttelettes de rosée,
glisse le long de mon nez.

Un petit orage d'été,
sans claquer et sans tonner,
sur ma joue s'est installé.

De jolies perles mouillées,
sur mon cou, en giboulées,
s'enfilent comme un collier.

De mes yeux tout embrumés,
s'écoulent de tristes pensées,
ça fait du bien, parfois,
de pleurer.

Cadet Rousselle a trois beaux chats *(bis)*
Qui n'attaquent jamais les rats. *(bis)*
Le troisième n'a pas de prunelle,
Il monte au grenier sans chandelle.

Refrain

Cadet Rousselle a trois garçons, *(bis)*
L'un est voleur, l'autre est fripon. *(bis)*
Le troisième est un peu ficelle,
Il ressemble à Cadet Rousselle.

Refrain

À la soupe !

Comptine pour sauter à la corde

À la soupe, soupe, soupe,
Au bouillon, ion, ion,
La soupe à l'oseille,
C'est pour les demoiselles,
La soupe à l'oignon,
C'est pour les garçons.

18 FÉVRIER

Poésie de la nuit

Claude Roy

Elle est venue la nuit
de plus loin que la nuit
à pas de vent de loup
de fougère et de menthe [...]

19 FÉVRIER

20 FÉVRIER

Mini Tommie la souris

Mini Tommie la souris,
Son logis est tout petit,
Elle va pêcher des poissons
Dans les douves du donjon.

Mini Tommie la souris
Au clocher s'est endormie,
Le clocher s'est effondré,
La souris s'est réveillée.

113

Au clair de la lune

21 FÉVRIER

Au clair de la lune,
Mon ami Pierrot,
Prête-moi ta plume
Pour écrire un mot ;
Ma chandelle est morte,
Je n'ai plus de feu,
Ouvre-moi ta porte
Pour l'amour de Dieu.

Au clair de la lune,
Pierrot répondit :
– Je n'ai pas de plume,
Je suis dans mon lit.
Va chez la voisine,
Je crois qu'elle y est,
Car dans sa cuisine,
On bat le briquet.

Au clair de la lune,
S'en fut Arlequin
Frapper chez la brune ;
Elle répond soudain :
– Qui frappe à la porte ?
Il dit à son tour :
– Ouvrez votre porte,
pour le dieu d'amour !

Un bœuf gris de la Chine

22 FÉVRIER

Jules Supervielle

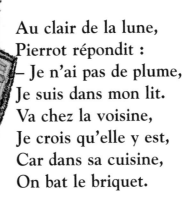

Un bœuf gris de la Chine,
Couché dans son étable,
Allonge son échine
Et dans le même instant
Un bœuf de l'Uruguay
Se retourne pour voir
Si quelqu'un a bougé.
Vole sur l'un et l'autre
À travers jour et nuit
L'oiseau qui fait sans bruit
Le tour de la planète
Et jamais ne la touche
Et jamais ne s'arrête.

Au clair de la lune
On n'y voit qu'un peu.
On chercha la plume,
On chercha le feu.
En cherchant de la sorte,
Je ne sais ce qu'on trouva ;
Mais je sais que la porte
Sur eux se ferma.

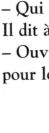

114

Frère Jacques
Canon

Frère Jacques, *(bis)*
Dormez-vous ? *(bis)*
Sonnez les matines ! *(bis)*
Ding, dang, dong ! *(bis)*

Devinette pour les froussards
Fred Bernard

L'ami des vampires, c'est lui
Celui qui fait frémir, c'est lui
Le Seigneur de la nuit, c'est lui
La terreur des petits, c'est encore lui

« Une tour, deux tours, de hauts murs,
un lierre rampant et des fissures,
quelques mâchicoulis pour faire joli,
des corbeaux et des chauves-souris,
c'est ma maison. »

Une porte claque, c'est lui
Quelque chose craque, c'est lui
On gratte en haut, c'est lui
Froid dans le dos, c'est encore lui

« Frapper et glisser dans les couloirs,
bouger les meubles dans le noir,
rire et passer à travers les murs,
regarder les enfants dormir en lieu sûr,
c'est mon métier. »

Un reflet dans le miroir, c'est lui
Une lueur dans le noir, c'est lui
Un bruit de chaînes, c'est lui
Une petite gêne, c'est encore lui

« Une ombre dans les feuilles du saule,
une main invisible sur l'épaule,
une forme cachée sous le lit,
un drap blanc dans la nuit,
c'est bien moi, le fantôme. »

115

25 FÉVRIER

Maman tête en l'air

Laurence Kleinberger

Ce soir, maman raconte une histoire à Marion :
– "Il était une fois une princesse très jolie…"
– C'était quoi son nom ? demande Marion.
– Elle s'appelait Claire. "La pauvre Claire ne pouvait jamais aller se promener : un méchant dragon s'était installé juste devant sa maison ! Alors Claire restait enfermée toute la journée à regarder la télévision…"
– Moi, je trouve ça plutôt bien, soupire Marion.
– Chut, écoute la suite : "Un jour, Claire vit un prince charmant à la télévision. Il s'appelait Renaud. Il était si beau, si fort et si merveilleux que Claire en tomba amoureuse… Hélas, comment faire pour rencontrer Renaud ? Claire était coincée dans son château !

Mais comme elle était futée, Claire eut une très bonne idée."
– Je sais ! crie Marion, elle a transformé le dragon en moustique avec sa baguette magique !
– Mais non, Marion ! "Elle prit son téléphone et elle appela le prince :
– Allô, Prince Renaud ? Bonjour, je suis une jeune fille gentille. J'aimerais vous épouser.
À l'autre bout du téléphone, le prince était tout content :
– Mademoiselle, votre voix est si belle ! Venez vite à la maison, nous nous embrasserons !"
– Mais non, proteste Marion, elle ne peut pas sortir de sa maison à cause du dragon !
– Tais-toi, Marion, et écoute la suite, dit maman.
"Mais non, soupira la pauvre Claire. Je ne peux pas sortir de ma maison à cause du dragon. Alors, le courageux Renaud dit à Claire :

– Ne bougez pas, jolie princesse, je viens vous sauver !
Le prince, rapide comme l'éclair, arriva devant chez Claire, sortit son épée et transforma le dragon en rondelles de saucisson. Alors la princesse arriva en courant et embrassa son prince charmant…"

– Et après ? demande Marion.

– Après ?

Maman ne se souvient plus très bien.

– Est-ce que le prince s'est transformé en crapaud très vilain ? Ou peut-être qu'ils sont allés danser sur le pont d'Avignon, propose Marion.

Maman est très embêtée :

– Écoute Marion, tu ne vas pas me croire mais j'ai oublié la fin de l'histoire !

– Mais une histoire, ça ne s'oublie pas… Allez, maman, fais un effort, réfléchis encore ! La maman de Marion réfléchit, réfléchit… Mais impossible de se rappeler la fin.

– C'est rien, maman, je vais tout t'expliquer. Une histoire, c'est pas compliqué. Au début, il y a toujours des problèmes. Et puis le prince tue les méchants, et puis il épouse la princesse et ils ont beaucoup d'enfants !

– Mais oui, c'est ça ! s'écrie maman. Renaud et Claire se sont mariés et ils ont eu plein d'enfants…

– Combien ? demande Marion.

– Quarante-deux ! Et aussi trois chiens, six poulettes et un poney. Et maintenant, dit maman en se levant, c'est l'heure de… l'heure de quoi, d'ailleurs ? J'ai encore oublié… Marion, tu peux m'aider ?

Mais Marion dort déjà. Elle rêve de princesses, de dragons, de poulettes… Et de sa drôle de maman distraite.

Le défilé du carnaval

Arnaud Alméras

26 FÉVRIER

Le grand jour est arrivé, les enfants se préparent à défiler pour le carnaval. Leurs parents les ont accompagnés pour les aider à se déguiser, et dans la classe d'Oscar, c'est une belle pagaille.

– Maîtresse, j'ai perdu ma crinière ! pleurniche Fabrice en ramassant ses guirlandes de papier crépon qui se sont décollées.

– Quand je cours, mon masque bouge et j'ai plus les trous en face des yeux ! se plaint Léa.

– Tiens papa, essaie mon masque de zèbre, propose Oscar. Mais après, tu me le rends !

– Écoute, Oscar, répond son papa, je ne vais pas faire l'andouille maintenant, ce n'est pas le moment…

Quand tous les enfants sont prêts, ils quittent l'école les uns derrière les autres pour défiler dans la ville. Les plus petits sont placés devant, maquillés en animaux, les plus grands sont déguisés en pirates et, au milieu, les moyens sont en dragons.

Dans la rue piétonne, le papa d'Oscar accompagne le défilé avec sa caméra vidéo. Soudain, il bute contre l'étalage du marchand de légumes. Patatras ! Il s'écroule au milieu des cageots et des cartons vides entassés à côté de l'étalage. Le voilà assis par terre, coiffé d'un carton et couvert de feuilles de salade.

Oscar quitte le défilé et s'approche en riant :

– Toi aussi, papa, tu t'es déguisé ?

Le gâteau de Fanny

Pascale Estellon

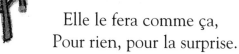

Fanny soupire, Fanny s'ennuie.
Au pire, faire des dessins ? Pas envie.
Faire des marionnettes avec les mains ? Pas envie.
Puis Fanny sourit…
Faire de la pâtisserie ?
Et aujourd'hui, maman a dit : Oui !
Fanny ouvre la porte de la cuisine,
Et c'est le paradis :
trésors du frigo, hasard des placards…
Sur la pointe des pieds,
Fanny attrape le saladier.
Hop ! Bien rattrapé !
Le gâteau en forme de cœur,
elle s'en souvient par cœur.

Elle le fera comme ça,
Pour rien, pour la surprise.
Mettre la farine dans le saladier,
Creuser un petit cratère
    pour y déposer les œufs…
Que c'est bien de tourner
    et retourner le mélange !
Des petits nuages de farine s'envolent
Et Fanny a des cheveux d'ange.
    Un peu de sucre, ça crisse, et un peu d'eau, ça colle !
Nom d'un petit bonhomme,
Goûter tout ça avec les doigts, mmm !
Rajouter du chocolat, OUAA !!!
Un peu de beurre et de cannelle,
déjà ça sent bon le caramel…
Maintenant la pâte est bien lisse.
Fanny peut écrire avec le bout de son doigt :
FANNY
Effacer avec la cuillère en bois,
puis recommencer…
Et pour finir, c'est décidé,
c'est papa qui le fera cuire…

Mardi gras

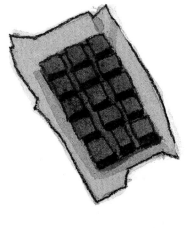

**Mardi gras, t'en va pas,
Je ferai des crêpes, je ferai des crêpes,
Mardi gras, t'en va pas,
Je ferai des crêpes et tu en auras.**

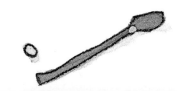

119

29 FÉVRIER

Petit cirque sous la pluie

Bruno Gibert

Le petit cirque de campagne a installé son chapiteau. Quatre piquets et un peu de toile bleue ont suffi. Sur le toit d'une vieille voiture bariolée, un clown chante dans son micro.

« Ce soirrr, tralalarrr ! Grrrande rrreprésentation, tralalon ! Venez nombrrrreux, tralaleu ! »

Les gradins ne sont pas pleins. Tout autour de la piste, les ampoules s'allument et le spectacle commence. Les enfants attendent des lions et des éléphants, mais c'est un âne qui s'avance. Un toutou en tutu le chevauche. « Hue ! » crie le gros dompteur moustachu. Sa veste est recousue mille fois comme si un tigre l'avait mangée. Clac ! fait le fouet. L'âne se dresse sur ses pattes de derrière, le chien remue un peu la queue, et c'est tout. Dans un coin, l'accordéoniste joue un air triste.

Puis, sur un fil, une équilibriste en chaussons agite ses petits bras. Tout le monde a peur quand elle se met sur la tête. Le tambour roule, roule, roule, brrr ! jusqu'au gros coup de cymbales : bravo !

Ensuite viennent le montreur de puces et ses boîtes d'allumettes. Dehors, la pluie fait rage et des gouttes tombent sur la tête des spectateurs. Flic ! Floc ! Et le spectacle continue. Abracadabra ! Il y a le magicien et ses poussins, la chèvre sur son échelle dorée et la poule qui glisse sur un couteau.

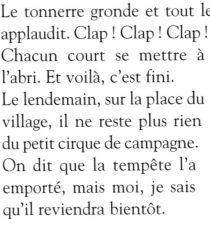

Le tonnerre gronde et tout le monde applaudit. Clap ! Clap ! Clap ! Chacun court se mettre à l'abri. Et voilà, c'est fini. Le lendemain, sur la place du village, il ne reste plus rien du petit cirque de campagne. On dit que la tempête l'a emporté, mais moi, je sais qu'il reviendra bientôt.

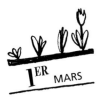

1, 2, 3, c'est le printemps !

Gugusse

2 MARS

C'est Gugusse avec son violon
 Qui fait danser les filles, *(bis)*
C'est Gugusse avec son violon
 Qui fait danser les filles
 Et les garçons.
Mon papa
Ne veut pas
 Que je danse, que je danse,
Mon papa
Ne veut pas
 Que je danse la polka.
Il dira
Ce qu'il voudra,
 Moi je danse, moi je danse,
Il dira
Ce qu'il voudra,
 Moi je danse la polka.

3 MARS

Un canard a dit

Un canard a dit à sa barbe :
« Ris, barbe, ris, barbe » ;
Un canard a dit à sa barbe :
 « Ris, barbe », et la barbe a ri.

Un canard a dit à sa cane :
« Ris, cane, ris, cane » ;
Un canard a dit à sa cane :
 « Ris, cane », et la cane a ri.

4 MARS

La fête à la souris

C'est demain jeudi
La fête à la souris
Qui balaie son tapis
Avec son manteau gris,
Trouve une pomme d'api
La coupe et la cuit
Et la donne à ses petits.

5 MARS

Une lettre à mon nom

Jean-Hugues Malineau

C'est une enveloppe avec des timbres que je ne connais pas, une lettre à mon nom dans la boîte aux lettres.

Elle vient de papa qui voyage. Elle commence par « mon chéri » – comme il dit à Maman – et elle continue en racontant des bestioles bizarres qu'il a vues très loin. Il m'en rapporte une en peluche bientôt, presque demain. Maman me relit trois fois les mots de papa en m'embrassant. Je suis assis sur ses genoux et papa signe très fort PAPA

que je sais déjà lire.

Une poule sur un mur

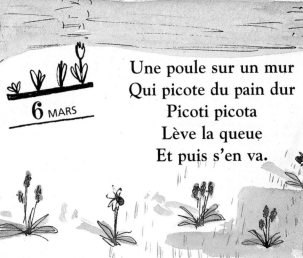

6 MARS

Une poule sur un mur
Qui picote du pain dur
Picoti picota
Lève la queue
Et puis s'en va.

7 MARS

J'ai acheté du pain dur

Boris Vian

J'ai acheté du pain dur
Pour le mettre sur un mur
Par la barbe farigoule
Il n'est pas venu de poule
J'en étais bien sûr maman,
J'en étais bien sûr.

Un petit cochon

Comptine pour désigner

8 MARS

Un petit cochon
Pendu au plafond.
    Tirez-lui le nez,
Il donnera du lait.
    Tirez-lui le groin,
Il donnera du foin.
    Tirez-lui la queue,
Il pondra des œufs.

Combien en voulez-vous ?

Robinson chez sa mamie

Annie M. G. Schmidt

Tiens, qui va là sur le gazon ?
C'est Robinson, c'est Robinson,
pieds nus avec sa casquette.
Et que voit-on dans sa mallette ?

Une brosse, un peigne pour ourson,
un gros sandwich, un gant de toilette
et aussi une savonnette,
une barre de chocolat sucré,
et un petit plateau à thé pour mamie.

« Dis-moi bien vite, je veux savoir,
dis-moi donc, petit ourson,
que veux-tu manger ce soir ? »

Une assiette d'avoine en flocons,
des carottes à la croque au sel,
de la choucroute avec du miel,
un jus sucré de mirabelles
ou une petite tomate pelée
    par mamie.

« Sais-tu aussi, je veux savoir,
sais-tu donc, petit ourson,
ce que tu vas trouver
dans ma maison ? »

Un lit douillet, une pendulette,
un poulailler plein de poulettes,
un bac à sable et des jouets,
un escalier, une baignoire,
une commode pleine de tiroirs,
et un pyjama en coton chez mamie.

Pour un ourson, c'est formidable !

125

Une soirée pas ordinaire

Edith Soonckindt

10 MARS

Ce soir, les parents de Zoé et Thomas vont au cinéma, oh là là ! et c'est une baby-sitter qui va s'occuper d'eux, c'est fâcheux. Eux n'en veulent pas. Ils préféreraient rester tranquillement devant la télé à s'amuser sans être surveillés, non mais !

Dring !

Trop tard.

Noémie est là.

En souriant, elle leur dit :

« J'ai apporté mes affaires de magie, eh oui ! Pour qu'on s'amuse un peu tous les trois, et voilà. » Mais Zoé et Thomas ne sourient pas.

Alors, Noémie sort une baguette, plutôt chouette, un chapeau, qu'il est beau, des cartes, des mouchoirs, des foulards, quel bazar. Et entreprend de surprendre Thomas et Zoé, qui, par curiosité, ont quand même éteint la télé.

Noémie fait d'abord des tours de cartes, puis des tours de passe-passe, quelle audace. Un coup de baguette et voici des babalouettes. Un autre coup, et c'est un caribou. Thomas et Zoé commencent à vraiment s'amuser !

Ils s'écrient : « Nous aussi, on voudrait essayer ! Faire voler des lapins, c'est zinzin ! Avaler des serpents, c'est marrant ! Cacher des caribous, ça vaut l'coup ! Et faire disparaître des éléphants, c'est géant ! »

Aussi Noémie leur montre-t-elle tout ce qu'elle sait. Ils s'amusent comme des petits fous à faire apparaître et disparaître toutes sortes de choses à volonté. « Que mon plus grand désir devienne réalité ! » s'exclame Zoé qui reçoit un chaton tigré.

« Abracadabra et ce que je veux sera ! » lance Thomas, et voilà que la soupe au céleri dans la casserole n'est plus là. Ainsi ne voient-ils pas la soirée passer.

Jusqu'à ce qu'ils entendent la voiture de leurs parents dans l'allée.

« Vite, disent Thomas et Zoé, il faut tout ranger, sinon, on va se faire gronder !

– Pas de panique, répond Noémie. Un coup de baguette magique, et pfffit ! »

Quand les parents entrent dans la salle à manger, ils la trouvent comme ils l'avaient laissée. Pas d'éléphant, de caribou, de serpent ni de coucou, disparus on ne sait où. Pas trace non plus de Noémie, de Thomas, ni de Zoé. Leurs parents les appellent. Où ces petits diables ont-ils bien pu se cacher ? Pas un bruit où que ce soit. Abracadabra, dans son empressement, Noémie a-t-elle fait disparaître Zoé et Thomas ?

« Papa, maman, on est là ! » Thomas et Zoé les appellent de leur chambre où ils étaient couchés. Quant à Noémie, elle lit à leur chevet. Une histoire abracadabrante pleine de serpents, d'éléphants, de caribous et de coucous.

« Ils ont été sages ? demandent les parents.

– Comme deux images, répond Noémie en souriant.

– Vous y retournez quand au cinéma ? » demandent Zoé et Thomas.

Puis ils ajoutent :

« Papa, maman, les babalouettes et les caribous, normalement, ça vit où ? »

Les parents se regardent et Noémie dit :

« Je crois que je vais y aller, ils sont vraiment fatigués. »

Et en partant, elle caresse le chaton tigré.

Parce que l'on ne doit jamais reprendre ce que l'on a donné.

11 MARS

Bateau, ciseau

Comptine pour jouer
On s'assoit par terre, jambes écartées, en se tenant
les mains et on se balance sur la musique.

Bateau, ciseau,
La rivière, la rivière,
Bateau, ciseau,
La rivière au bord de l'eau.
La rivière a débordé
Dans le jardin de monsieur le curé.

12 MARS

Le grêlon

Je suis le grêlon dur et rond,
ou pois chiche ou œuf de pigeon
qui fait des bonds de sauterelle
par-dessus les toits des ruelles ;
je cogne partout sans façons,
puis, dans un coin, tout seul, je fonds.

13 MARS

Au feu, les pompiers !

Au feu, les pompiers,
Voilà la maison qui brûle !
Au feu, les pompiers,
Voilà la maison brûlée !

C'est pas moi qui l'ai brûlée,
C'est la cantinière,
C'est pas moi qui l'ai brûlée,
C'est le cantinier.

Au feu, les pompiers,
Voilà la maison qui brûle !
Au feu, les pompiers,
Voilà la maison brûlée !

En passant par la Lorraine

Chanson enchaînée

En passant par la Lorraine
Avec mes sabots, } *bis*
Rencontrai trois capitaines,
Avec mes sabots dondaine,
   Oh ! Oh ! Oh ! Avec mes sabots !

Rencontrai trois capitaines
Avec mes sabots, } *bis*
Ils m'ont appelée vilaine,
Avec mes sabots dondaine,
   Oh ! Oh ! Oh ! Avec mes sabots !

14 MARS

Je ne suis pas si vilaine…
Puisque le fils du roi m'aime…
Il m'a donné pour étrennes…
Un bouquet de marjolaine…
S'il fleurit, je serai reine…
S'il périt, je perds ma peine…

Monsieur Pouce

15 MARS

Jeu de doigts

Toc, toc, toc !
Monsieur Pouce, es-tu là ?

Sur le poing gauche fermé,
l'index droit tape trois fois

Chut… je dors !

Index sur la bouche, deux mains en oreiller

Toc, toc, toc !
Monsieur Pouce, es-tu là ?

Oui, oui, voilà… je sors !

Le pouce sort du poing

129

Les bébés animaux

16 MARS

Trouve dans cette image :
- un faon
- un marcassin
- un levraut
- un ourson
- un lionceau
- un girafon
- un éléphanteau
- un chaton
- un chiot
- un poussin
- un caneton
- un veau
- un poulain
- un agneau
- un cochonnet

130

Six cent six chaises

17 MARS

Si sur six chaises sont assis six frères,
sur six cent six chaises
sont assis six cent six frères.

Avec mes deux poings fermés

18 MARS

Comptine à mimer

Avec mes deux poings fermés
Je peux cogner
Je peux tirer
Je peux serrer
Je peux écraser
Mais… sur un poing fermé,
Un oiseau peut aussi se poser.

Aux marches du palais

19 MARS

Aux marches du palais, (bis)
Y a une tant belle fille, lon la,
Y a une tant belle fille !

Elle a tant d'amoureux (bis)
Qu'elle ne sait lequel prendre, lon la,
Qu'elle ne sait lequel prendre !

C'est un p'tit cordonnier (bis)
Qui a eu la préférence…

C'est en la l'y chaussant (bis)
Qu'il lui fit sa demande…

– La belle, si tu voulais (bis)
Nous dormirions ensemble…

Dans un grand lit carré (bis)
Couvert de taies blanches…

Aux quatre coins du lit (bis)
Un bouquet de pervenches…

Au beau mitan du lit (bis)
La rivière est profonde…

Tous les chevaux du roi (bis)
Pourraient y boire ensemble…

Nous y pourrions dormir (bis)
Jusqu'à la fin du monde…

131

Pâquerette

Pâquerette
En collerette,
Bouton d'or
En toque d'or,
Primevère
En gilet vert,
Par les jardins et les champs,
Fêtez, fêtez le printemps.

20 MARS

L'âne

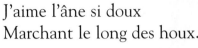

21 MARS

Francis Jammes

J'aime l'âne si doux
Marchant le long des houx.

Il prend garde aux abeilles
Et bouge ses oreilles.

Il va près des fossés
D'un petit pas cassé.

Il réfléchit toujours,
Ses yeux sont de velours.

Il est l'âne si doux
Marchant le long des houx.

22 MARS

Où va-t-on tontaine ?

Sylvaine Hinglais

Mon pied droit
veut partir se promener à droite
Allons-y !
Mon pied gauche
veut partir se promener à gauche
Allons z'o !
Mon nombril s'écrie :
En avant !
Mais non, voyons, s'écrie mon dos
En arrière !
Mes mains s'en vont à tire d'aile
de-ci, de-là
comme les hirondelles.

Mon nez a perdu le nord et répète sa ritournelle
« Où va-t-on, où va-t-on, tontaine tonton ? »
Nulle part, dit ma tête, ma tête à courant d'air
Flottons, flottons dans les nuages
Tontaine tonton

23 MARS

Petits voyages dans la journée

Anne-Lise Fontan

Au petit matin,
la rue a des couleurs de brume.
Dans la cuisine, le chocolat fume,
les tartines grillent, les céréales frétillent.

L'école est ouverte, accueillante.
Des enfants dans la cour chantent.
Et la sonnerie dit :
« En classe, en classe, mes petits ! »

Dans la matinée,
les artistes écoliers
choisissent leur atelier :
papier crépon et découpage,
pâte à modeler ou coloriage.
Entrez dans la danse
des petites mains affairées !

Les assiettes s'entrechoquent,
les couverts jouent breloque !
La cantine résonne d'un drôle de brouhaha :
celui qui remplit les estomacs !

Le tohu-bohu s'est retiré sur la pointe des pieds.
Il a fait place au grand silence,
quand, l'après-midi,
la sieste commence.

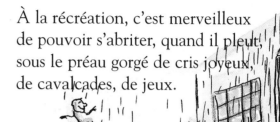

Peu à peu, on se réveille
aux voix douces des maîtresses.
Princesses et chevaliers alors surgissent,
faisant des enfants leurs complices.

À la récréation, c'est merveilleux
de pouvoir s'abriter, quand il pleut,
sous le préau gorgé de cris joyeux,
de cavalcades, de jeux.

L'heure du goûter
et des retrouvailles est proche,
des portemanteaux
l'on décroche
les blousons et les bonnets.
L'école est terminée.

Le soir annonce de bons petits moments
à savourer : le bain et ses bulles, les dessins
animés, les jouets, la famille enfin retrouvée.

Et après le dîner,
dans des draps bien bordés,
le parfum de maman
est tendrement déposé
sur la joue, sur le nez
et sur les yeux
qui vont se fermer.

24 MARS

La première fois

Véronique M. Le Normand

C'était le début du printemps, la veille de mon anniversaire.

Oncle Roland avait gagné un week-end à Disneyland à la kermesse des pompiers. Tante Édith avait téléphoné pour dire qu'ils partiraient le samedi matin de très bonne heure avec Robin. Pendant ce temps-là, maman et moi devions venir chez eux nourrir les animaux.

À peine arrivé, je n'ai même pas pris le temps de caresser Babar, mon chien préféré, ni d'aller dire bonjour à Charlotte, la jument. Je suis directement monté au grenier. Le circuit prenait toute la pièce. Il y avait des trains anciens de l'oncle Roland et les TGV de Robin. Il y avait même le TGV jaune de la poste. J'ai branché et ça s'est mis en marche. Les trains traversaient des villages, des champs avec des vaches qui les regardaient, des ponts sur des rivières et même des fleuves, des montagnes… Ils traversaient d'autres voies ferrées avec des locomotives qui manquaient de leur rentrer dedans, ils s'arrêtaient au feu rouge puis ils repartaient en sifflant.

C'était la première fois que je prenais le train de Robin. C'était le plus beau jour de ma vie.

Onomatopées

Nathalie Naud

25 MARS

Criiiiiic…
Craaaaaac…
Au fond du couloir
Ça grince et ça craque
Et il fait tout noir.

Ding, dong, ding, dong
À chaque heure, le carillon sonne
Comme une balle de ping-pong
Chaque coup tombe et résonne
Ça fait ding, ping, dong, pong !

DING DONG DING DONG.

Flic, flac, flic, flac
Les gouttes perlent puis s'écoulent
 Éclaboussent et forment une flaque
  Dans laquelle je saute et roule
  Glou, glou, glou ! Je coule !

Toc, boum, toc, boum
Toc marteau, toc, toc
Boum, les clous, boum, boum
Le marteau enfonce les clous
Et mon doigt crie :
« Ouille ! Ouille ! Ouille ! »

Tic, tac, tic, tac
 À la première seconde, tic
 À la suivante qui passe, tac
 Aux oreilles des petits garçons
 La pendule chuchote son nom.
Tic, ça pique, tac, ça claque !

Il court, il court, le furet

26 MARS

Chanson pour jouer

On se passe rapidement de main en main un anneau enfilé sur une corde tenue par l'ensemble des enfants assis en rond. Un autre enfant, au centre du cercle, doit découvrir où est l'anneau quand la chanson s'arrête.

Il court, il court, le furet,
 Le furet du bois, Mesdames,
 Il court, il court, le furet,
 Le furet du bois joli.
 Il est passé par ici,
 Il repassera par là.
 Il court, il court, le furet,
 Le furet du bois, Mesdames,
 Il court, il court, le furet,
 Le furet du bois joli.

Petit escargot

27 MARS

Petit escargot porte sur son dos
sa maisonnette.
Aussitôt qu'il pleut, il est tout heureux,
il sort sa tête.

28 MARS

L'ogre n'a plus faim

Sylvie Chausse

L'ogre est assis à table, son grand couteau à la main, mais il n'y a pas de tache de sang sur sa serviette blanche : aujourd'hui, il n'a pas faim. Dans son garde-manger, trois petites filles jouent à la corde à sauter, et cela ne lui met pas l'eau à la bouche. Sa femme s'inquiète : « Viens, mon homme, lui dit-elle, une promenade te mettra en appétit. Mets tes bottes de sept lieues et donne-moi le bras. »

Elle l'emmène en ville. Là, ils passent devant des poissonneries, des charcuteries, des boucheries, mais rien n'attire l'ogre. Il s'arrête devant l'école maternelle, dont le toit lui arrive tout juste aux genoux. Les enfants jouent dans la cour. Un autre jour, l'ogre en emporterait une bonne douzaine des plus grassouillets dans sa grande hotte, mais aujourd'hui, il se tient l'estomac à deux mains, il a l'air triste, il n'a plus faim.

Justement, une bande de garnements voit ce bonhomme si grand, si grand… Tous lèvent la tête.

« C'est le père Noël, je le reconnais à ses bottes et à sa hotte.

– Pourquoi il n'a pas son habit rouge ?

– Sa barbe n'est pas givrée…

– Bonhomme, bonhomme, emmène-nous faire un tour ! »

La femme fait un signe à l'ogre : qu'il remplisse donc sa hotte ! Quelles bonnes provisions pour les dimanches et les réveillons ! Voici que l'ogre fronce les sourcils. Il n'avait jamais tant regardé les petits : il trouve drôles leurs bouilles, amusantes leurs gambades. Au lieu du mal d'estomac, c'est un étrange chatouillis qu'il sent près du cœur !
« Emporte-nous, bonhomme Noël, crient les marmots, nous te donnerons nos bonbons, nos sucettes et le chocolat du goûter. »
Celui-ci se penche, en prend un entre le pouce et l'index, le regarde et lui sourit. Il remplit sa hotte.

À grandes enjambées de ses bottes de sept lieues, il les emmène autour du monde. Voici l'Alaska tout bleu, le Far West tout vert, l'océan si grand, le désert de sable pâle. Voici les pyramides, la tour de Pise, les clochers brillants du Sacré-Cœur et les toits rouges de l'école. L'ogre pose à terre les enfants qui chantent et rient.
« Tiens, gentil géant, prends ces bonbons, ces caramels, ces pains au chocolat. »

Maintenant, il a faim, mais s'il se lèche les babines, c'est qu'il a envie de brioches et de pains d'épices.
« Merci, les enfants, jamais je ne me suis tant régalé !
– Que vas-tu donc inventer, vieil idiot », grommelle sa femme.
Mais l'ogre a si faim, si faim, qu'il la traîne par le bras jusqu'à sa vieille demeure. Là, il pose sur la table des sacs de farine, des seaux de lait, des montagnes de beurre, des milliers d'œufs, des tonnes de chocolat.

« Au travail, femme. Fais-moi des brioches dodues comme des édredons, des mille-feuilles gros comme des dictionnaires, des crêpes larges comme des descentes de lit, des choux à la crème ventrus comme des citrouilles et des croissants gros comme la lune. Fais vite, j'ai une faim d'ogre ! »
Et pendant que l'ogresse s'affaire, il va chercher les petites filles qui attendaient dans le garde-manger et les invite à partager son goûter.

137

29 MARS

Milo

Edith Soonckindt

Chloé est ravie, sa chienne Mila va avoir des petits ! Elle a décoré un cageot posé sur son vélo pour y promener les chiots ; et tandis que le ventre de Mila grossit, dans le cœur de Chloé l'idée des chiots grandit aussi.

Mais un matin, Mila n'est plus là. Papa et maman ne s'inquiètent pas, elle a dû se cacher pour la naissance des chiots, prévue pour cette semaine-ci. Pourtant Chloé se fait du souci. Elle file au fond du pré. Dans la cabane, elle trouve Mila allongée, qui ne bouge pas. Chloé repart chercher sa maman et son papa. À leur retour, Mila ne réagit toujours pas et Chloé comprend : Mila est morte comme sont déjà morts ses grands-parents. Elle pleure. Parce qu'elle sait qu'il n'y aura plus jamais de Mila à caresser ni à embrasser.

Mais, à travers ses larmes, elle voit un des chiots bouger, puis un autre. Ils sont vivants, c'est épatant !

Chloé sèche ses larmes et en prend un dans ses bras qui ressemble en tout point à Mila. Dans sa tête, Chloé dit à sa chienne : « C'est comme si tu étais encore là, tu vois. Chaque fois que je le regarderai, je penserai à toi. Tu peux partir tranquille, on ne t'oubliera pas. Tu es dans mon cœur pour tout le temps. » Et Chloé serre bien fort contre elle le chiot qu'elle couvre de baisers. « Tu es très beau, tu vas t'appeler Milo, et ensemble, on va faire plein de trucs rigolos ! »

Puis Chloé le met dans le cageot et, légère, file sur son beau vélo.

Rock-and-roll des gallinacés

30 MARS

Dans ma basse-cour il y a
Des poules, des dindons, des oies.
Il y a même des canards
Qui barbotent dans la mare.
Cot cot cot codett, cot cot cot codett,
Cot cot cot codett, c'est le rock-and-roll des gallinacés.

À la cantine

Olivier de Vleeschouwer

31 MARS

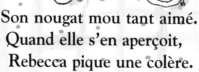

La pie entre dans la cantine.
Qui a laissé la fenêtre ouverte ?
– Pas moi ! crie Valentine
sortie de sa cuisine.
La pie noire et verte se pose
devant Léon. Son œil est
rond comme un bouton.
– Je t'ai vu traverser
mes rêves, dit l'écolier.
– Les rêves se font les yeux
fermés, rappelle la pie.
Et hop ! Elle lui vole
sa grenadine. Sacrée gredine !
– Va-t'en ! Va-t'en ! crie
Valentine.
– Va-t'en ! reprend la pie.
Et tout le monde rit.
Même Rebecca, qui n'a pas vu
l'oiseau lui chiper
son nougat.

Son nougat mou tant aimé.
Quand elle s'en aperçoit,
Rebecca pique une colère.
– La pie m'a chipé mon
nougat ! dit-elle. Le nougat
fait par ma mémé…
– La mienne les lui chipait
déjà ! jacasse la pie. Si ces nougats
étaient moins bons, les voleurs
n'en voudraient pas…
– Quel toupet ! s'époumone Valentine,
après elle avec son fouet.
Voleuse, la pie n'est pas sans cœur !
Embrasse Léon et Rebecca, puis
s'en va. Baisers rouges grenadine,
collants comme deux nougats.
Et pas volés, ceux-là !

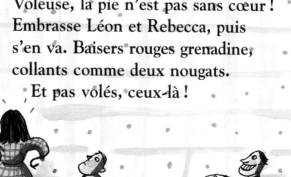

Poisson sauté !

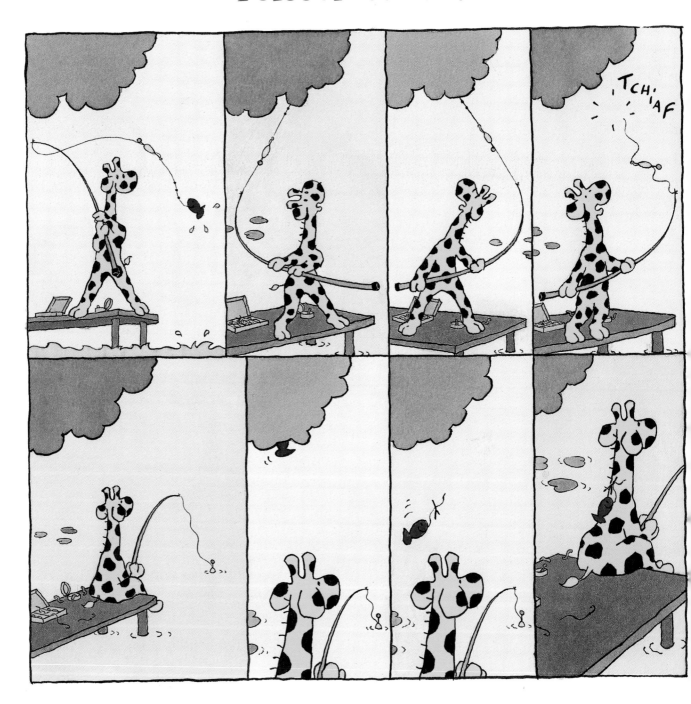

Poissons polissons

2 AVRIL

Françoise Bobe

Le poisson-chat
n'attrape jamais de souris.

Le poisson-scie
n'habite pas la caisse à outils.

Le poisson-lune
ne compte pas les étoiles la nuit.

Le poisson-perroquet
ne chante pas au bord du nid.

Mais le poisson d'Avril, lui,
derrière ton dos ne tient qu'à un fil !

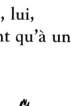

3 AVRIL

Chère Élise

Chanson enchaînée

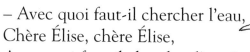

– Avec quoi faut-il chercher l'eau,
Chère Élise, chère Élise,
Avec quoi faut-il chercher l'eau ?
– Avec un seau, mon cher Eugène,
Cher Eugène, avec un seau.

– Il y a un trou dans le seau,
Chère Élise, chère Élise,
Il y a un trou dans le seau.
– Faut le boucher, mon cher Eugène,
Cher Eugène, faut le boucher.

– Avec quoi faut-il le boucher ?
– Avec de la paille, mon cher Eugène.

– Mais la paille n'est pas coupée.
– Faut la couper, mon cher Eugène.

– Avec quoi faut-il la couper ?
– Avec une faux, mon cher Eugène.

– Mais la faux n'est pas affûtée.
– Faut l'affûter, mon cher Eugène.

– Avec quoi faut-il l'affûter ?
– Avec une pierre, mon cher Eugène.

– Mais la pierre n'est pas mouillée.
– Faut la mouiller, mon cher Eugène.

– Avec quoi faut-il la mouiller ?
– Avec de l'eau, mon cher Eugène.

– Avec quoi faut-il chercher l'eau ?

etc.

L'orang-outan et l'œuf

Nathalie Naud

4 AVRIL

Un bel œuf, ovale et blanc,
se fêlait, jour après jour, doucement.
« Mais qui habite là-dedans ? »
s'exclame un vieil orang-outan
passant près du poulailler en chantant,
revenant d'un enterrement.
Il venait de perdre son meilleur ami,
un ver de terre tout rabougri,
avec lequel il ne disait que
des sornettes !
L'orang-outan, curieux, les yeux
écarquillés, s'approche et frappe
contre la coquille.
Toc-toc… Toc-toc… Toc-toc-toc…
Personne ne répond ! Quel outrage !
L'orang-outan, dans un excès de rage,
s'empare de l'œuf en question
et le fourre dans son pantalon.

Il veut avoir raison
    de sa curiosité,
dénicher ce qu'on cherche
    à lui cacher.
Il rentre chez lui,
    boit une tasse de lait
et s'endort dans des draps
    repassés et frais.
Soudain ! un picotement
le réveille brutalement.
Il s'élance sur ses pattes,
crie sauvagement :
« À bas les puces,
    je vous aurai ! »
Mais une minuscule boule
duvetée lui sourit tendrement,
et d'une petite voix murmure
« Bonjour, maman. »

5 AVRIL

Savez-vous planter les choux ?

Chanson à mimer

Savez-vous planter les choux,
À la mode, à la mode,
  Savez-vous planter les choux,
  À la mode de chez nous ?
  On les plante avec les pieds,
  À la mode, à la mode,
  On les plante avec les pieds,
  À la mode de chez nous.
  On les plante avec le genou…
  On les plante avec le coude…
  On les plante avec le nez…

142

6 AVRIL

Le poisson président

Michel Piquemal

– Moi, dit Julie, j'ai un chien extraordinaire. Il est si méchant qu'il pourrait t'avaler d'une seule bouchée. L'autre jour, il a mordu les fesses du facteur et il lui a mangé sa culotte.

– Tu ne connais pas ma tortue, répond Lucille. Elle est plus extraordinaire que ton chien. Elle est dure comme du fer. On peut la jeter par la fenêtre : elle ne se casse pas. Sans le faire exprès, papa lui est passé dessus avec la voiture. Et c'est la voiture qui s'est soulevée.

– C'est rien du tout, ça ! dit Margot. Moi, j'ai un chat qui est si savant qu'il arrive à jongler avec des balles. Et quand il a fini, il fait même la révérence.

– C'est comme mon poisson rouge, réplique Sylvie. Il a lu tous les livres de la maison. Il est devenu très savant. C'est pour ça que je fais toujours zéro faute ! Et quand on regarde les jeux à la télé, il sait répondre à toutes les questions. Papa dit qu'il est si savant qu'il pourrait être président de la République. D'ailleurs, il va sans doute se présenter aux prochaines élections.

– Là, tu mens, ce n'est pas possible. Les poissons rouges ne deviennent jamais présidents.

– Si, dit Sylvie. Car mon poisson, ce n'est pas un poisson comme les autres. Il est plus extraordinaire que toutes vos bestioles. C'est un poisson génial, car c'est un…
POISSON D'AVRIL !

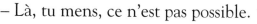

143

7 AVRIL

La poupée-fée

Rolande Causse

Lisa est triste parce que maman s'est absentée pour aller soigner grand-mère, gravement malade. C'est Maria qui la garde en attendant le retour de papa. Mais elle repasse ; Lisa s'ennuie et pleurniche.

– Qu'est-ce qu'il y a ? Tu ne sais pas à quoi jouer ? interroge Maria.

– Non, répond Lisa.

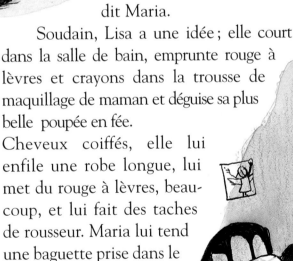

– Quand j'étais petite et que je ronchonnais, ma mère me disait : « Ferme les yeux, fais un, deux, trois souhaits et une fée te sauvera… »

Lisa soupire et répond :

– Quelle fée ?

– Celle que tu construiras, dit Maria.

Soudain, Lisa a une idée ; elle court dans la salle de bain, emprunte rouge à lèvres et crayons dans la trousse de maquillage de maman et déguise sa plus belle poupée en fée.

Cheveux coiffés, elle lui enfile une robe longue, lui met du rouge à lèvres, beaucoup, et lui fait des taches de rousseur. Maria lui tend une baguette prise dans le pot d'une plante et du papier d'argent…

– Regarde comme elle est belle ! lance Lisa.

C'est alors que la porte s'ouvre et que papa apparaît.

Lisa lui montre sa poupée-fée. Papa propose de lui ajouter des ailes.

– Mais alors, ce sera un oiseau ?

– Non, une fée ailée, répond papa.

Lisa rajoute des ailes, un morceau de tissu au bout de sa baguette et papa doit attacher la poupée-fée au-dessus de son lit.

Alors maman téléphone : grand-mère va mieux, elle rentrera demain et ira chercher Lisa à l'école…

Après le dîner, la fée se balance doucement pour protéger les rêves de Lisa… Lisa sourit : la poupée-fée a exaucé tous ses vœux…

Pauline et le toboggan

Françoise Bobe

Pauline ne va pas souvent sur le toboggan.
Pourtant aujourd'hui, Pauline veut monter
toute seule, comme les autres enfants.
Son cœur cogne très vite.

Elle pose doucement les pieds sur chaque bar-
reau. Bien au milieu. Elle grimpe lentement
avec un beau sourire. Soudain, elle crie :
– Regarde, maman, je suis plus grande que toi !
Juste à ce moment, son pied glisse.
Le nez et le ventre collés à l'échelle,
Pauline a maintenant les pieds
dans le vide.

Pauline a envie de pleurer.
Ses genoux se mettent à trembler.
Son manteau aussi. Elle s'agrippe
de toutes ses forces au barreau.

– Vilain toboggan ! pense Pauline.
Enfin, la main de maman se pose dans son
dos. Cette main sûre qui l'aide à grimper
tout en haut. Pauline tremble encore un
peu. Puis elle s'assied et sourit.

Elle tient les rebords du toboggan pour
descendre. Elle aimerait aller plus vite,
mais elle ne peut rien contre ses mains qui
freinent. Déjà, elle est en bas. Et elle
repart en courant vers la grande échelle.

Maintenant, Pauline n'a plus tellement peur de cette grande échelle.
Elle lâche les mains quand elle descend.
Elle s'élance de plus en plus vite, deux fois,
dix fois, cent fois ! Finalement, c'est très
amusant, le toboggan !

Les sucettes

Sucettes,
Cacahuètes,
Nougat, chocolat,
Dragées, caramels mous,
Maman dit toujours
Qu'il faut manger de tout.

145

10 AVRIL

À bas l'eau !

Anne-Lise Fontan

Je ne supporte pas l'eau,
je ne suis pas un bulot !

Je n'aime pas qu'on m'débarbouille,
je ne suis pas une grenouille !

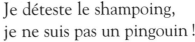
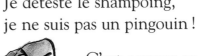

Je déteste le shampoing,
je ne suis pas un pingouin !

C'est comme se brosser les dents,
je ne suis pas un hareng !

Épargnez-moi le savon,
je ne suis pas un poisson !

Pourquoi faire ma toilette,
je ne suis pas une crevette !

11 AVRIL

Mon meilleur copain

Geneviève Noël

Le meilleur copain de Tirebouchon, c'est Valentin le lapin. Dans le village, tout le monde les appelle « les inséparables ».
Pourtant, un matin, Tirebouchon se dispute avec Valentin. Il lui dit :
– Je suis un cow-boy et toi, tu es mon cheval.
– Tu es trop gros pour monter sur mon dos, proteste Valentin.
Vexé, Tirebouchon pince Valentin. Furieux, Valentin tire l'oreille de Tirebouchon. Et voilà les deux amis fâchés !
La dispute dure trois jours.
Tirebouchon et Valentin ne savent pas comment faire pour se réconcilier. Ils pleurent sans arrêt.

Et puis un matin, Tirebouchon voit Valentin arroser les carottes de son jardin. Il sort de la maison en criant :
– Valentin, je veux être ton copain comme avant !
– Moi aussi, je veux être ton copain comme avant ! hurle Valentin.
Les deux amis s'embrassent sur le museau. Pour fêter la fin de la dispute, maman Cochon apporte une tarte aux glands et maman Lapin une glace aux choux.
Fous de joie, ils font la danse des Indiens en chantant : « La vie est plus belle quand on a un ami ! »

Boum !

Paroles et musique : Charles Trenet

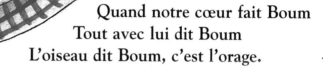

La pendule fait tic tac tic tac
Les oiseaux du lac font pic pic pic pic
Glou glou glou font tous les dindons
Et la jolie cloche ding din don.
Mais…

Boum
Quand notre cœur fait Boum
Tout avec lui dit Boum
Et c'est l'amour qui s'éveille.

Boum
Il chante « love in bloom »
Au rythme de ce Boum
qui redit Boum à l'oreille.

Tout a changé depuis hier
Et la rue a des yeux qui regardent
   aux fenêtres
Y a du lilas et y a des mains tendues
Sur la mer le soleil va paraître.

Boum
L'astre du jour fait Boum
Tout avec lui dit Boum
Quand notre cœur fait Boum Boum

Le vent dans les bois fait hou hou hou
La biche aux abois fait mê mê mê
La vaisselle cassée fait cric cric crac
Et les pieds mouillés font flic flic flac.
Mais…

Boum
   Quand notre cœur fait Boum
   Tout avec lui dit Boum
L'oiseau dit Boum, c'est l'orage.

Boum
L'éclair qui luit fait Boum
Et le bon dieu dit Boum
Dans son fauteuil de nuages.

Car mon amour est plus vif que l'éclair
Plus léger qu'un oiseau, qu'une abeille
Et s'il fait Boum s'il se met en colère
Il entraîne avec lui des merveilles.

Boum
Le monde entier fait Boum
Tout l'univers fait Boum
Parc'que mon cœur fait Boum Boum
Boum

Je n'entends que Boum Boum
Ça fait toujours Boum Boum
Boum Boum Boum…

Mariages

Bruno Gibert

Lundi, un rat s'est marié à un chat.
Le rat portait un grand chapeau lustré
et le chat une longue traîne en fil de soie.
C'est impossible, mais c'est arrivé.

Mardi, un éléphant s'est marié à une souris.
Ils se sont rencontrés et se sont
tout de suite aimés.
Pour la mairie, l'éléphant s'était peigné
et la souris parfumée.
C'est impossible, mais c'est arrivé.

Mercredi, un pigeon s'est marié à une grenouille.
Le pigeon ramier portait des gants de peau gris
et la grenouille une voilette.
Sur un nénuphar, ils se sont envolés.
C'est impossible, mais c'est arrivé.

Jeudi, un pot de beurre s'est marié
à une boule de pain.
Famille tartine, ils ont fondé.
C'est impossible, mais c'est arrivé.

Vendredi, du bleu s'est marié avec du jaune.
Et du vert ça a fait.
C'est impossible, mais c'est arrivé.

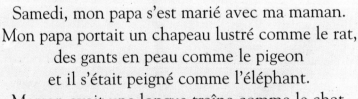

Samedi, mon papa s'est marié avec ma maman.
Mon papa portait un chapeau lustré comme le rat,
des gants en peau comme le pigeon
et il s'était peigné comme l'éléphant.
Maman avait une longue traîne comme le chat,
une voilette comme la grenouille
et sentait bon comme la souris.
C'est impossible ?
Non, c'est arrivé.
Et moi je suis né.

De la tête aux pieds

Trouve dans cette image :
- les cheveux
- les yeux
- le nez
- les oreilles
- les joues
- la bouche
- le menton
- le cou
- les épaules
- les bras
- les poignets
- les mains
- la poitrine
- le ventre
- le sexe
- les cuisses
- les genoux
- les jambes
- les chevilles
- les pieds
- les orteils

14 AVRIL

La poupoule en chocolat

Pascale Estellon

15 AVRIL

Ce matin, j'ai trouvé, devinez quoi ?
Une poupoule en chocolat...
Petite poulette, ne m'en veux pas,
Mais je crois bien que je vais te croquer le bec...
Et avec mes petits doigts, j'ai cassé un morceau
tout fondant, tout moelleux.
Quel délice quand ça colle un peu au palais, le chocolat au lait !
Et en mangeant, j'ai pensé à ce que me disait maman
Quand j'étais très très petite :
Un morceau pour papa, croc !
Un morceau pour maman, crac !
Un morceau pour papy et pour mamy, cric !
Un morceau pour le lapin, un morceau
    pour le chien,
Un morceau pour le chat, un morceau
    pour le voisin et le dernier, c'est pour qui ?
C'est pour moi...
Et bientôt plus la moindre petite miette,
    plus de poulette ;
je regarde autour de moi, plus rien...
Si ! Encore sur les mains...
Et en léchant le chocolat sur chaque doigt,
et de un ! et de deux ! et de trois ! etc.
Je suis arrivée au petit rikiki
de la deuxième main.
Alors j'ai bondi vers maman et j'ai dit :
« Ça y est ! Je sais compter jusqu'à dix ! »

16 AVRIL

L'œuf

J'ai trouvé un bel œuf bleu
Bleu comme la rivière
Bleu comme le ciel.
Le lapin l'avait caché
Dans l'herbe du pré.

J'ai trouvé un bel œuf blanc
Blanc comme la neige
Blanc comme le muguet.
Il était au poulailler
Alors, moi, je l'ai mangé.

Qui mangea le chocolat ?

17 AVRIL

Qui mangea le chocolat et les chipolatas ?
C'est le cachalot qui chipa l'auto.

Quat' coquets coqs croquaient
quat' croquantes coquilles.

Mon petit jardin
Comptine à mimer

Voici mon petit jardin
J'y ai semé des petites graines
Je les ai recouvertes de terre noire
Voici la bonne et douce pluie !
Le soleil brille dans le ciel
Et voici une, deux, trois,
quatre, cinq petites pousses !
C'est le printemps,
Une fleur
Un arbre

18 AVRIL

Compère Guilleri
Chanson enchaînée

19 AVRIL

Il était un petit homme
Qui s'appelait Guilleri, Carabi.
Il allait à la chasse
À la chasse aux perdrix, Carabi, titi,
Carabi, toto, Carabo
Compère Guilleri, te lairras-tu,
te lairras-tu, te lairras-tu mouri ?

Il allait à la chasse
À la chasse aux perdrix, Carabi.
Il monta sur un arbre
Pour voir ses chiens couri, Carabi...

... La branche vint à rompre
Et Guilleri tombit, Carabi...

... Les dames de l'hôpital
Sont arrivées sans bruit, Carabi...

... L'une apporte un emplâtre
L'autre de la charpie, Carabi...

... On lui banda la jambe
Et le bras lui remit, Carabi...

... Pour remercia ces dames
Guilleri les embrassit, Carabi...

... De cette belle histoire
La morale, la voici, Carabi...

... Elle prouve que par
les femmes
L'homme est toujours guéri !

20 AVRIL

C'est encore loin ?

Patrick Vendamme

Thomas part en voiture chez ses grands-parents. Il a mis dans le coffre un ballon, son vélo et une canne à pêche qu'il a fabriquée avec un bout de bois.

Sa maman l'a installé à l'arrière sur son siège spécial. Son papa conduit. Thomas sait que c'est un long voyage, alors il attend et regarde le paysage par la vitre. Dans un pré, il aperçoit des vaches qui ont l'air de faire la sieste et, un peu plus loin, un clocher avec un coq perché.

Au bout d'un moment, il demande :
– Dis, maman, on est bientôt arrivés ?
Sa maman se retourne et répond :
– Non, Thomas, tu sais bien, je t'ai expliqué que c'était loin.

– C'est comment, loin ? demande Thomas.
Sa maman se retourne, ses yeux sont tout grands :
– Je ne sais pas, répond-elle, c'est... loin. Il faut rouler jusqu'à ce soir.
– Ah bon, dit Thomas. Mais il ne comprend pas pourquoi c'est si loin.
Il se trémousse sur son siège. Il ne sait pas s'il a faim ou soif. Ce qu'il voudrait, c'est crier, courir ou faire du vélo. « Papa ne voudra pas », pense-t-il.
C'est long, il a un peu chaud.
Sur un pont, pendant une seconde, il voit des enfants qui font signe aux voitures, mais il n'a même pas le temps de leur répondre.

Tout à coup, il se dit : « J'ai compris ! C'est loin parce que papy et mamie sont vieux. Mes copains Antoine et Lydie ne sont pas vieux, alors ils habitent dans ma rue. »

Il est très content d'avoir trouvé tout seul cette réponse. Cependant quelque chose le tracasse encore et il demande à ses parents :

– Quand vous serez vieux, vous habiterez loin ?

Dans le rétroviseur, il voit les yeux de son papa, qui lui répond :

– Je ne sais pas, peut-être que ce sera toi qui habiteras loin de nous.

Mais toutes ces questions, ce paysage qui file à toute vitesse, le bruit du moteur, ont fatigué Thomas. Voilà que le soleil le gêne. Sa maman s'en aperçoit et tire le petit store fixé sur la vitre. Ses yeux se ferment et il s'endort.

Tout à coup, il se réveille, il n'y a pas de bruit, la voiture est arrêtée. Il voit papy et mamie qui sourient et qui lui font signe. Thomas dit en bâillant :

– Ce n'était pas si loin… et papy et mamie ne sont pas si vieux !

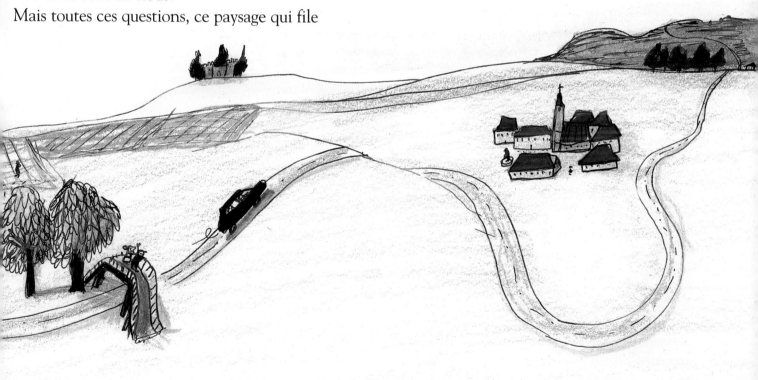

Expédition lunaire

Anne-Lise Fontan

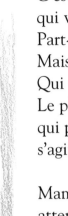

C'est une petite fusée
qui va s'envoler.
Part-elle pour Saturne ?
Mais non, pour la Lune !
Qui est l'astronaute ?
Le p'tit sans-culotte,
qui pour le moment
s'agite drôlement.

Maman dit : « Gaspard,
attention, départ ! »
La fusée partie,
le voyage finit.

Pourquoi tant d'histoires ?
Pour un suppositoire.

C'est la poule grise

C'est la poule grise
Qui pond dans l'église ;
C'est la poule noire
Qui pond dans l'armoire ;
C'est la poule brune
Qui pond dans la lune ;
C'est la poule blanche
Qui pond sur la planche.

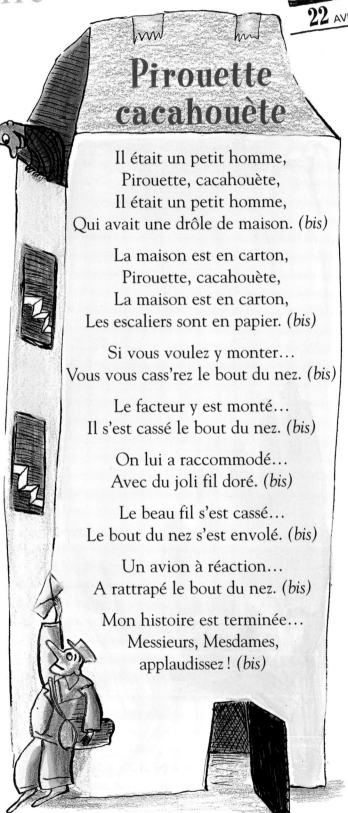

Pirouette cacahouète

Il était un petit homme,
Pirouette, cacahouète,
Il était un petit homme,
Qui avait une drôle de maison. *(bis)*

La maison est en carton,
Pirouette, cacahouète,
La maison est en carton,
Les escaliers sont en papier. *(bis)*

Si vous voulez y monter…
Vous vous cass'rez le bout du nez. *(bis)*

Le facteur y est monté…
Il s'est cassé le bout du nez. *(bis)*

On lui a raccommodé…
Avec du joli fil doré. *(bis)*

Le beau fil s'est cassé…
Le bout du nez s'est envolé. *(bis)*

Un avion à réaction…
A rattrapé le bout du nez. *(bis)*

Mon histoire est terminée…
Messieurs, Mesdames,
applaudissez ! *(bis)*

Le lapin qui a du chagrin

24 AVRIL

Le lapin
qui a du chagrin,
la fourmi
qui a du souci
et le petit rat
qui a du tracas !
Ah là là !
Comment arranger tout ça ?

À la volette !

Chanson enchaînée

25 AVRIL

Mon petit oiseau } bis
A pris sa volée.

A pris sa, } bis
À la volette,
A pris sa volée.

Il prit sa volée } bis
Sur un oranger.

Sur un o, } bis
À la volette,
Sur un oranger.

La branche était sèche,
L'oiseau est tombé…

Mon petit oiseau,
Où t'es-tu blessé ?…

Je me suis cassé l'aile
Et tordu le pied…

Mon petit oiseau,
Je vais te soigner…

Quand on a le hoquet

À dire sept fois sans respirer

J'ai le hoquet
Bilboquet
Passe la rue
Je ne l'ai plus !

26 AVRIL

155

Le grand saut

Arnaud Alméras

27 AVRIL

Comme tous les vendredis, Léo va à la piscine avec sa classe. Mais ce jour-là, un peu avant la fin de la séance, le maître nageur annonce au groupe des moyens :

– Maintenant que vous vous débrouillez bien, vous allez faire un nouvel exercice. Je suis sûr que vous pouvez tous y arriver. Mettez-vous en rang au bord de la piscine…

Léo dit à Alain, son meilleur copain :

– Moi, je suis cap de nager dans le grand bain sans bouée.

– Et moi, je suis cap de rester sous l'eau pendant au moins… une demi-heure ! répond Alain.

– Hé bien moi, je suis cap de nager dans la mer jusqu'en Amérique, en plus c'est vrai ! s'écrie Léo.

Le maître nageur fronce les sourcils :

– Bon, les garçons, mettez-vous en place sur le bord et arrêtez de bavarder.

Il explique :

– Pour la première fois, vous allez sauter là où vous n'avez pas pied. Vous êtes tous capables de le faire.

Alain est inquiet :

– Monsieur, si je me cogne au fond, je vais me faire mal…

– Mais non, tu ne toucheras pas le fond, répond le maître nageur.
– Et comment on va faire pour remonter ?
– Ne t'inquiète pas, tu as une ceinture autour du ventre, tu vas remonter tout seul.

Quand le maître nageur tape dans ses mains, les enfants sautent tous en même temps dans le petit bain, du côté où ils n'ont pas pied. Tous… sauf Alain et Léo !
– Alors, les champions, c'est pour aujourd'hui ou pour demain ?
Les deux copains se bouchent le nez, plouf ! Deux secondes plus tard, ils réapparaissent à la surface. Léo s'accroche au bord  de la piscine, reprend sa respiration et dit :
– J'ai même pas eu d'eau dans le nez !
Alain se frotte les yeux et tousse :
– Moi, j'ai un peu bu la tasse !
– Bravo, les enfants ! Vous voyez, ce n'est pas si difficile… leur dit le maître nageur.

Bientôt, vous pourrez sauter sans ceinture. Voilà, la séance est terminée, à vendredi prochain !

Léo et Alain se mettent à courir pour rejoindre les douches :
– On ne court pas au bord de la piscine ! rappelle le maître nageur en prenant sa grosse voix.
Un peu plus tard, les yeux tout rouges et les cheveux encore un peu mouillés, Léo et Alain quittent le vestiaire des garçons. Et comme tous les vendredis, ils montent s'asseoir l'un à côté de l'autre dans le car pour partager un paquet de chips pendant le trajet du retour.
– Ça fait même pas peur de sauter du bord de la piscine… dit Alain en riant.
– Tu as raison, c'est vraiment trop facile !

Avril

Auprès de ma blonde

Paroles : Joubert

Chanson enchaînée

Dans les jardins de mon père, } bis
Les lilas sont fleuris.
Tous les oiseaux du monde
Viennent y faire leur nid.

Refrain
Auprès de ma blonde,
Qu'il fait bon, fait bon, fait bon,
Auprès de ma blonde,
Qu'il fait bon dormir.

Tous les oiseaux du monde, } bis
Viennent y faire leur nid.
La caille, la tourterelle,
Et la jolie perdrix.

Et ma jolie colombe
Qui chante jour et nuit.

Le pélican

Robert Desnos

Le capitaine Jonathan,
Étant âgé de dix-huit ans,
Capture un jour un pélican
Dans une île d'Extrême-Orient.

Le pélican de Jonathan,
Au matin, pond un œuf tout blanc
Et il sort un pélican
Lui ressemblant étonnamment.

Et ce deuxième pélican
Pond, à son tour, un œuf tout blanc
D'où sort, inévitablement,
Un autre qui en fait autant.

Cela peut durer très longtemps
Si l'on ne fait pas d'omelette avant.

Lundi passant par Mardi

Lundi, passant par Mardi,
Dit à Mercredi
De se trouver Jeudi
Avec Vendredi
Aux noces de Samedi
Qui se marie avec Dimanche.

Oh, les belles fleurs !

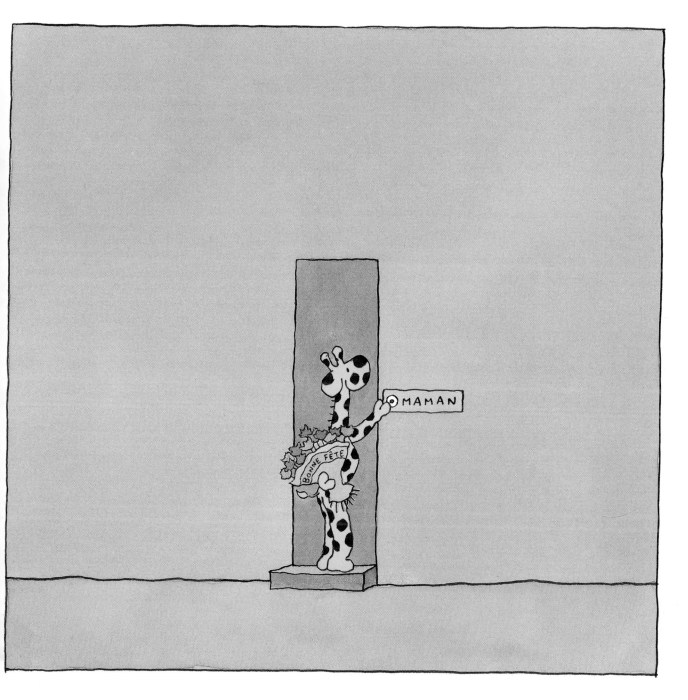

À la claire fontaine

2 MAI

À la claire fontaine
M'en allant promener,
J'ai trouvé l'eau si belle
Que je m'y suis baignée.

Refrain
Il y a longtemps que je t'aime,
Jamais je ne t'oublierai !

Sous les feuilles d'un chêne
Je me suis fait sécher,
Sur la plus haute branche
Le rossignol chantait.

Chante, rossignol, chante,
Toi qui as le cœur gai,
Tu as le cœur à rire…
Moi, je l'ai à pleurer !

J'ai perdu mon ami,
Sans l'avoir mérité,
Pour un bouquet de roses
Que je lui refusai.

Je voudrais que la rose
Fût encore au rosier,
Et que mon doux ami
Fût encore à m'aimer.

Le polar du potager

Anne-Lise Fontan

Drame dans le potager,
l'économe s'est fait voler.

On lui a tout pris,
il n'a plus un radis.

L'inspecteur La Binette
vient mener l'enquête.

Il interroge la courgette,
elle n'est pas dans son assiette.

Le navet n'est pas là,
toujours au cinéma, celui-là.

« Nom d'un gratin, mais quel mystère ! »
s'exclame la pomme de terre.

« Je veux voir un avocat ! »
hurle le rutabaga.

Dans le potager, c'est la foire d'empoigne
quand tout à coup, en pleine macédoine,
le radis perdu refait apparition.

Il était parti aux champignons.

Zut alors !

Françoise Bobe

4 MAI

Laura sourit devant le miroir. Son sourire à trous illumine la salle de bain. Quand elle vient de perdre une dent de lait, c'est un peu la fête. Une fête secrète, car elle va retrouver Zoé.

Zoé, c'est son amie. La petite souris. Laura glisse sa quenotte sous son oreiller. Puis elle attend, sa lampe de poche à la main.

Laura avait demandé cette lampe pour aller aux toilettes sans allumer toutes les grandes lumières. C'est comme ça qu'elle avait rencontré Zoé. Ce soir-là, la petite souris n'arrivait pas à mettre la patte sur la dent du frère de Laura. Après avoir eu peur l'une de l'autre, elles avaient chuchoté longtemps et s'étaient promis de se revoir.

– Pourquoi Zoé a-t-elle autant de retard ? se demande la petite fille.

Soudain Laura sursaute. Quelque chose vient de dégringoler du côté de la cuisine. Lampe de poche au poing, elle bondit de son lit et avance en retenant son souffle. Sur le buffet, elle voit des petits carrés blancs partout !

– Des dents de lait ? Zoé, c'est toi ? murmure Laura.

De la corbeille de fruits émerge la petite souris.

– Tu t'es fait mal ? s'inquiète Laura.

– Z'ai le dos en marmelade... et z'ai perdu toutes les dents, zut alors ! Il y en avait beaucoup trop ze zoir !

– Je vais t'aider, dit Laura en commençant à les ramasser.

– Ze crois que ze me zuis cazé une dent !

– Fais voir ?... Tu as raison, s'étonne Laura.

– Oh, zut alors ! soupire Zoé.

– Écoute ! poursuit Laura. Tu es fatiguée et il est tard. Rentre vite chez toi et soigne ta dent. Tu reviendras demain pour chercher ma dent et jouer avec moi, d'accord ?

– Tu es zentille, Laura. Ze te promets de revenir demain zoir, rien que pour toi. Et ze ferai attention de ne pas tomber.

161

5 MAI

Bobo Léon

Paroles et musique : Boby Lapointe

Il a du bobo Léon
Il porte un bandeau Léon
Il a du bobo Léon
Oh, pauvre Léon

D'abord il n's'appelle pas Léon
Mais je ne m'souviens plus de son nom
J'peux pourtant pas l'appeler Hortense
Et puis ça n'a pas d'importance

Il a du bobo Léon
Il va p't-être caner Léon
Il a du bobo Léon
Oh, pauvre Léon

On l'a mené à l'hôpital
Pour le saigner oui avait mal
Il s'était fait mal dans la rue
Mais on l'a soigné autre part

Et il est mort !...

Coccinelle, demoiselle

6 MAI

Edmond Rostand

Coccinelle, demoiselle
Où t'en vas-tu donc ?
Je m'en vais dans le soleil
Car c'est là qu'est ma maison.
Bonjour, bonjour, dit le soleil,
Il fait chaud et il fait bon.
Le monde est plein de merveilles,
Il fait bon se lever tôt.

Un petit caneton

Fernande Huc

7 MAI

Un petit caneton
jaune comme un citron
glissait sur la mare
avec les têtards.

Un petit caneton
jaune comme un citron
glissait sur la mare
avec les poissons.

Un petit caneton
jaune comme un citron
glissait sur la mare
en faisant des ronds.

Une souris verte

8 MAI

Une souris verte
Qui courait dans l'herbe,
Je l'attrape par la queue,
Je la montre à ces messieurs.
Ces messieurs me disent :
« Trempez-la dans l'huile,
Trempez-la dans l'eau,
Ça fera un escargot
Tout chaud. »
Je la mets dans un tiroir,
Elle me dit : « Il fait trop noir. »
Je la mets dans mon chapeau,
Elle me dit : « Il fait trop chaud. »
Je la mets dans ma culotte,
Elle me fait trois petites crottes.

9 MAI

Le bonheur est dans le pré

Paul Fort

Le bonheur est dans le pré,
cours-y vite, cours-y vite !
Le bonheur est dans le pré,
cours-y vite, il va filer !

Si tu veux le rattraper,
cours-y vite, cours-y vite !
Si tu veux le rattraper,
cours-y vite, il va filer !

De pommier en cerisier,
cours-y vite, cours-y vite !
De pommier en cerisier,
cours-y vite, il va filer !

Saute par-dessus la haie,
cours-y vite, cours-y vite !
Saute par-dessus la haie,
cours-y vite, il va filer !

10 MAI

Les petits artistes au musée

Bruno Gibert

C'est jeudi après-midi. Dans l'autocar qui file vers Paris, nous chantons pendant que la maîtresse regarde par la vitre. On crie : « Plus vite, chauffeur ! » et nous voilà arrivés au musée.

Pour un musée, c'est un drôle de musée. Des tuyaux jaunes et bleus parcourent la façade, le toit a des cornets en fer, et les murs sont en verre. À l'intérieur, les escaliers qui avancent tout seuls nous conduisent presque jusqu'au ciel. La vue est incroyable : la ville en bas s'étale comme un tapis à poils gris rempli de fourmis.

Puis, la maîtresse nous rassemble autour d'elle et nous commençons la visite. De salle en salle, c'est comme un grand voyage avec des aventures différentes à chaque fois !

D'abord, sur un tableau, nous voyons une dame toute mauve accroupie avec un visage barbouillé. « C'est un Picasso » dit la maîtresse. « Plutôt un Pipicasso ! » murmure Paul dans mon oreille. On rit, on rit…

Un peu plus loin, c'est une mer immense qui gigote. Des poissons, des asticots font la java. Une échelle plonge dans les vagues et des œufs en neige fument comme de l'écume. Devant cette grande toile, la maîtresse a vraiment l'air toute petite.
Sur son radeau, elle nous fait des signes : « Hé, ho, les enfants ! je suis là. » L'artiste du tableau a un nom rigolo : Miró, il s'appelle Miró…

Le voyage continue avec une grosse machine qui grince toute seule :
« Tinguely ! Tinguely ! » font toutes ses roues quand elles se mettent tourner… On nous explique : cette machine ne sert vraiment à rien. Ni à faire des autos, ni à faire des casseroles… Non, vraiment, cette machine ne sert à rien. D'ailleurs elle est toute rouillée. Tout à son bout, une plume s'agite sur la tête d'une poupée. Jeanne se met à rêver : et si la machine s'envolait…
« Tinguely ! Tinguely ! »

Juste avant de partir, on voit dans un cadre, des chevaux qui galopent sur des pattes de girafe. À dada, à dada !
« Ah, Dalì ! » soupire la maîtresse, ravie.

Puis elle nous promet que, demain, nous pourrons faire les artistes : Pipicasso, ce sera Paul le blagueur, Dadali, ce sera Jeanne, et moi avec mon costume marin tout bleu, je serai Miró.

À nos pinceaux !

11 MAI

Chanson pour faire danser en rond les petits enfants

Victor Hugo

Grand bal sous le tamarin,
On danse et l'on tambourine.
Tout bas parlent, sans chagrin,
Mathurin à Mathurine,
Mathurine à Mathurin.

C'est le soir, quel joyeux train !
Chantons à pleine poitrine
Au bal plutôt qu'au lutrin.
Mathurin à Mathurine,
Mathurine à Mathurin.

Découpé comme au burin,
L'arbre, au bord de l'eau marine,
Est noir sur le ciel serein.
Mathurin à Mathurine,
Mathurine à Mathurin.

Dans le bois rôde Isengrin.
Le magister endoctrine
Un moineau pillant le grain.
Mathurin à Mathurine,
Mathurine à Mathurin.

Broutant l'herbe brin à brin,
Le lièvre a dans la narine
L'appétit du romarin.
Mathurin à Mathurine,
Mathurine à Mathurin.

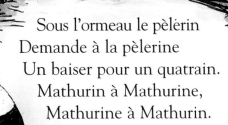

Sous l'ormeau le pèlerin
Demande à la pèlerine
Un baiser pour un quatrain.
Mathurin à Mathurine,
Mathurine à Mathurin.

Derrière un repli de terrain,
Nous entendons la clarine
Du cheval d'un voiturin.
Mathurin à Mathurine,
Mathurine à Mathurin.

12 MAI

Les chaussettes de l'archiduchesse

Les chaussettes
de l'archiduchesse sont-elles
sèches, archisèches ?

166

J'ai du bon tabac

J'ai du bon tabac dans ma tabatière,
J'ai du bon tabac, tu n'en auras pas.

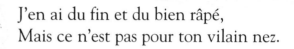

J'en ai du fin et du bien râpé,
Mais ce n'est pas pour ton vilain nez.

J'ai du bon tabac dans ma tabatière,
J'ai du bon tabac, tu n'en auras pas.

Brin de paille

Françoise Bobe

Brin de paille
Paille de riz
L'oiseau fait son nid

Brin de mousse
Mousse douce
Pour un nid douillet

Œufs au chaud
Œufs éclos
Les petits sont nés

Vire et vole
Vole au vent
Les petits s'en vont

Ainsi font, font, font

Chanson à mimer

**Ainsi font, font, font,
les petites marionnettes.
Ainsi font, font, font,
trois petits tours et puis s'en vont !**

167

L'alphabet du jardin

16 MAI

Retrouve tous ces mots dans l'image :

- **A**rrosoir
- **B**rouette
- **C**abane
- **D**indon
- **É**chelle
- **F**ourche
- **G**renouille
- **H**ibou
- **I**ris
- **J**ardinier
- **K**épi
- **L**apin
- **M**ouche
- **N**id
- **O**rties
- **P**iscine
- **Q**uilles
- **R**âteau
- **S**alade
- **T**ransat
- **U**sine
- **V**ache
- **W**agon
- **X**ylophone
- **Y**oyo
- **Z**èbre

Je te tiens par la barbichette

17 MAI

Comptine pour rire

Je te tiens, tu me tiens
Par la barbichette
Le premier de nous deux qui rira
Aura une tapette !

Le chat et le lapon

19 MAI

Un chat dans le troupeau,
un trou dans le chapeau.

Le lapon marin mange-t-il
du lapin marron ?
Non, le lapon mange du pain,
pas de lapin sur le pont !

Ma poule

20 MAI

Jeu de doigts

On désigne chaque doigt de la main en les dépliant
l'un après l'autre.

Ma poule a pondu un œuf
Celui-ci l'a cassé
Celui-ci l'a fait cuire
Celui-ci l'a mangé
Celui-là n'a rien eu
Lèche le plat petit rikiki
Lèche le plat petit rikiki

Le fermier dans son pré

18 MAI

Chanson à énumération

Le fermier dans son pré *(bis)*
Ohé ! ohé ! ohé ! le fermier
dans son pré.

Le fermier prend sa femme (bis)
Ohé ! ohé ! ohé ! le fermier prend
sa femme.

La femme prend son enfant…

L'enfant prend sa nourrice…

La nourrice prend son chien…

Le chien prend son petit chat…

Le chat prend la souris…

La souris prend le fromage…

Le fromage est battu…

Y a un ogre caché dans mon estomac !

Geneviève Noël

Tirebouchon entre dans la cuisine en criant :

– J'ai une énorme faim ! J'ai envie de manger des pommes de terre avec du gruyère, une tarte aux glands, et une glace avec de la crème Chantilly.

Maman Cochon éclate de rire :

– Tirebouchon, tu dois avoir un ogre affamé caché dans ton ventre. C'est pour ça que tu as toujours faim !

Inquiet, Tirebouchon s'exclame :

– C'est même pas vrai !

– Ne te fais pas de souci, mon Tirebouchon !

Je disais ça pour rire, affirme maman Cochon.

– C'est pas drôle, grogne Tirebouchon. Du coup, maintenant, j'ai plus faim du tout.

Et il part s'enfermer dans sa chambre.

Vite, il attrape le livre qu'il regarde quand il veut jouer à avoir peur. Il s'appelle *Un ogre est caché sous mon lit !* Dans le livre, il y a le dessin d'un ogre avec plein de dents jaunes et pointues. Il a un gros ventre dodu, un couteau dans la main droite, et dévore un agneau, gloup, d'un coup. À cette minute, Tirebouchon a l'impression que quelque chose bouge dans son estomac. Il se dit : « Si ça se trouve, j'ai vraiment un ogre dans mon ventre. Il a très, très faim et crie : "Tirebouchon, j'en ai assez d'être caché ici. Tu manges toujours des pommes de terre avec du gruyère, une tarte aux glands et une glace avec de la crème Chantilly. Beurk, c'est pas bon ! Ça me donne mal au cœur !

Alors cette nuit, pendant que tu dormiras, je vais te dévorer en une bouchée. Comme ça, je pourrai m'enfuir dans les bois et manger tous les petits cochons, toutes les

poules, tous les agneaux, tous les veaux qui se promèneront sans leur maman." »

Affolé, Tirebouchon hurle :

– Maman, au secours ! L'ogre qui est caché dans mon estomac veut me dévorer !

Maman a beau rassurer Tirebouchon, rien à faire, il continue à pleurer.

Alors maman emmène son Tirebouchon chez le docteur.

Le docteur ne se moque pas du petit cochon. Au contraire, il lui dit d'un air sérieux :

– Je vais faire une radio de ton ventre. Parole de docteur, c'est encore mieux qu'une photo. Si un ogre est caché dedans, je le forcerai à partir.

Le docteur a l'air si sérieux, avec ses lunettes et sa blouse blanche, que Tirebouchon arrête de pleurer. Et clic clac clic clac, le docteur prend des radios. Tirebouchon écarquille les yeux. Ça alors, il s'est trompé ! Il n'y a pas le moindre petit ogre caché là-dedans.

Fou de joie, le petit cochon saute dans les bras de sa maman :

– Pour fêter ça, on va aller manger des pommes de terre avec du gruyère, une tarte aux glands et une glace avec de la crème Chantilly !

Lundi au Pays des Souris

Edith Soonckindt

Aujourd'hui, c'est lundi au Pays des Souris.
Et le lundi, au Pays des Souris, quand le soleil a chassé les gros nuages gris, toutes les souris sautent hors du lit pour enfiler leurs plus beaux habits.
Car le lundi est un jour sans soucis, un jour où l'on rit en mangeant des galettes de riz.
Que fait-on les autres jours au Pays des Souris ?
Eh bien, on se prépare pour le lundi !

« Moi, je fabrique la pâte à galettes de riz, nous dit une grosse souris dans son joli tablier à carreaux roses et gris. Avec du bon beurre bien jaune, du bon miel parfumé et de bons grains de riz ! »

Mais que font les autres souris en attendant le jour des galettes de riz ?
Tout dépend de la souris.
Les plus rêveuses composent de magnifiques bouquets de pissenlits. Les plus gourmandes préparent des compotes et des confitures de fruits. Les plus courageuses plantent des radis et des salsifis. Et les plus paresseuses… eh bien, elles passent la journée au lit en mangeant des macaronis.
À l'heure de midi, certaines repeignent leur maison en gris, tandis que d'autres jouent au chat et à la souris.
À la tombée de la nuit, des rêves remplis de galettes de riz bercent le Pays des Souris.
Ainsi, le samedi, le dimanche, le mardi, le mercredi, le jeudi, le vendredi sont des jours un peu gris, des jours alibis.
Des jours pour s'occuper en attendant lundi.

La fourmi

Robert Desnos

Une fourmi de dix-huit mètres
Avec un chapeau sur la tête
Ça n'existe pas, ça n'existe pas.
Une fourmi traînant un char
Plein de pingouins et de canards,
Ça n'existe pas, ça n'existe pas.
Une fourmi parlant français,
Parlant latin et javanais,
Ça n'existe pas, ça n'existe pas.
Eh ! Pourquoi pas ?

23 MAI

Flagada

24 MAI

Paroles et musique : Henri Dès

Refrain
Flagada flagada
Je suis tout flagada
Quand je vais quand je vas
Tous les soirs c'est comme ça
Flagada flagada
Je suis tout flagada
Quand je vas quand je vais
À la fin de la journée

J'ai les jambes en coton
Et les yeux qu'en disent long
Quand le sable est passé
Vite je vais me coucher
Fatigué, j'ai plus faim
Et je pleure pour un rien
Fatigué, tout grincheux,
C'est mon lit-lit que je veux

Refrain

Ça m'plairait d'me cacher
De courir et de sauter
D'faire des crasses à Lucie
De la pincer dans son lit
Mais je suis flagada
Et je saute dans mes draps
Rendez-vous à demain
Le roi c'est mon p'tit coussin

Jean Petit qui danse

25 MAI

Chanson mimée à récapitulation

À chaque couplet, on ajoute une partie du corps : de sa tête,
de sa main, de son doigt, de son coude, de son genou…

Jean Petit qui danse, *(bis)*
De son pied il danse, *(bis)*
De son pied, pied, pied,
Ainsi danse Jean Petit.

Jean Petit qui danse, *(bis)*
De sa tête, il danse, *(bis)*
De sa tête, tête, tête,
De son pied, pied, pied
Ainsi danse Jean Petit.
etc.

Maman

Olivier de Vleeschouwer

Maman se lève tôt et se couche tard. Elle a toujours quelque chose à faire. Quand le petit déjeuner est terminé, que chaque tasse est lavée et rangée dans le placard, maman sort une grande casserole du placard et prépare le déjeuner.

« Comme ça, ça sera fait ! » dit-elle.

Ensuite, quand le déjeuner est avalé, que la vaisselle est essuyée, maman met le couvert pour le soir.

Maman ne casse rien. Elle attrape la pile d'assiettes, les dispose vite et bien. Et avec les verres, c'est pareil. Jamais de verre brisé sous les orteils !

Aujourd'hui, Barnabé est grippé et il reste à la maison.

« Lis-moi une histoire ! » crie Barnabé.

Maman se désole, dit : « Ah là là, mon cœur, une autre fois peut-être, mais je suis déjà

tellement en retard ! » Puis maman s'en va au volant de sa belle auto toute bleue, se perdre dans les énormes embouteillages de la ville.

Barnabé compte jusqu'à dix, puis jusqu'à cent, puis il s'endort, bercé par la chanson du rossignol posé sur son appui de fenêtre. Il rêve qu'il est l'inventeur d'une machine à faire le travail des mamans à la place des mamans. Grâce à lui, toutes les mamans retrouvent le temps de ne rien faire du tout, le temps de lire toutes les histoires jusqu'au bout.

Mais Barnabé se réveille et maman n'est toujours pas revenue.

Quand maman rentre, le soleil est déjà presque passé sous les toits.

– Mon petit chat va mieux ? demande maman.

– Lis-moi une histoire ! demande encore Barnabé.

Mais le téléphone se met à sonner et Barnabé se résigne à lire son histoire tout seul. L'histoire commence par : « Il était une fois un petit garçon grippé qui s'appelait Barnabé… »

Barnabé se plonge attentivement dans le livre. Les mots lui ouvrent de grands chemins tièdes qu'il suit en chantant. Il voit de nouveaux paysages et des bateaux légers qui descendent les rivières en direction de la mer. Il découvre des fêtes et des gens qui dansent, des petits singes et de brillants coquillages qui servent de maison à des filles tranquilles qui ne sont pas des poupées. Barnabé passe un très long moment loin de chez lui, à suivre les sentiers que lui creusent les mots, à soulever des pages qui sont comme des pierres posées sur d'autres mondes.

Le livre terminé, Barnabé est guéri. Il regarde par la fenêtre. Le rossignol est toujours là, mais sa chanson n'est plus la même. Et bien d'autres choses ont changé. Maman n'est plus au téléphone et l'auto est restée au garage. Elle le regarde en souriant et ne fait absolument RIEN.

Le jour de la fête des Mères, les mamans ont tout leur temps… pour raconter des histoires aux enfants.

27 MAI

La maman des poissons

Paroles et musique : Boby Lapointe

Si l'on ne voit pas pleurer les poissons
Qui sont dans l'eau profonde
C'est que jamais quand ils sont polissons
Leur maman ne les gronde

Quand ils s'oublient à faire pipi au lit
Ou bien sur leurs chaussettes
Ou à cracher comme des pas polis
Elle reste muette

La maman des poissons
elle est bien gentille !

Elle ne leur fait jamais la vie
Ne leur fait jamais de tartines
Ils mangent quand ils ont envie
Et quand ça a dîné, ça r'dîne

S'ils veulent prendre un petit ver
Elle les approuve des deux ouïes
Leur montrant comment sans ennuis
On les décroche de leur patère

S'ils veulent être maquereaux
C'est pas elle qui les empêche
De se faire des raies bleues sur le dos
Dans un banc à peinture fraîche

J'en connais un qui s'est marié
À une grande raie publique
Il dit quand elle lui fait la nique
« Ah ! qu'est-ce que tu me fais, ma raie ! »

La maman des poissons,
elle a l'œil tout rond
On ne la voit jamais
froncer les sourcils

Ses petits l'aiment bien,
elle est bien gentille
Et moi je l'aime bien
avec du citron

La maman
des poissons
elle est bien gentille !

28 MAI

La ronde du petit lapin

Ronde à choix

Les enfants forment une ronde autour de l'un d'eux accroupi au milieu.
À la fin de la chanson, l'enfant saute et embrasse celui qui le remplacera.

Mon petit lapin a bien du chagrin :
il ne saute plus dans son p'tit jardin !

Saute, saute, saute, mon petit lapin
et dépêche-toi d'embrasser quelqu'un !

Se canto

29 MAI

Ces fières montagnes
À mes yeux navrés
Cachent de ma mie
Les traits bien-aimés.

Refrain
Se canto, que canto
Canto pas per you
Canto per ma mio
Qu'es alleu de you.

Baissez-vous, montagnes
Plaines, haussez-vous
Que mes yeux s'en aillent
Où sont mes amours.

Refrain

Les chères montagnes
Tant s'abaisseront
Qu'à la fin, ma mie
Mes yeux reverront.

Refrain

Dans la forêt un ouistiti

30 MAI

Dans la forêt,
un ouistiti,
tout petit,
tout petit
se balançait,
de-ci, de-là,
hop là, hop là.
Un gros serpent
vint en rampant,
pan, pan, pan, pan.
Le ouistiti,
il est parti.
Tant pis !
Tant pis !

Do ré mi, la perdrix

Paroles et musique : Bernard Gatebourse

Do ré mi,
La perdrix,
Mi fa sol,
Prit son vol,
Fa mi ré,
Dans un pré,
Mi ré do,
Tombe à l'eau.

31 MAI

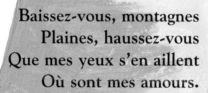

177

Oh, le joli dessin !

Les dromadaires

Guillaume Apollinaire

Avec ses quatre dromadaires,
don Pedro d'Alfaroubeira
courut le monde et l'admira ;
il fit ce que je voudrais faire
si j'avais quatre dromadaires.

Je vois avec mes yeux

Comptine à mimer

Je vois avec mes yeux
J'entends par mes oreilles
Je goûte avec ma bouche
Et je sens avec mon nez

Je touche avec mes mains
Je marche avec mes pieds
Je pense avec ma tête
Et j'aime avec mon cœur

Je suis très bien bâti
Et si je suis petit
Ça n'a pas d'importance
Je grandis sans faire de bruit.

Tralalère et patatras

Gérard Bialestowski

Quand il fait trop chaud
près du pont du Nord
je me jette à l'eau
je ne sais pourquoi
et je plains alors
mes amis du froid

Ne dites pas le contraire
Ne dites pas
tralalère et patatras

Quand je fais le fou
des nez à moutarde
ici et partout
en font tout un drame
les murs se lézardent
chez mes amis calmes

Ne dites pas le contraire
Ne dites pas
tralalère et patatras

Quand je suis méchant
on parle de moi
sacré sacripant
ailleurs et ici
mais seuls restent cois
mes amis gentils

Ne dites pas le contraire
Ne dites pas
tralalère et patatras

Quand je suis joyeux
un million d'étoiles
passent dans mes yeux
j'en ferai la liste
sur un papier pâle
pour mes amis tristes

Gardez le secret
Gardez le mystère
Ne dites pas le contraire
Ne dites pas
tralalère et patatras
au chien et au chat
ils n'en voudront pas.

5 JUIN

L'album de photos

Patrick Vendamme

Sur la table du salon, il y a un gros livre que le papa de Juliette a laissé là. Ce n'est pas vraiment un livre, c'est un album de photos. Juliette l'ouvre, elle voit des gens habillés en noir et en gris avec des chapeaux.
Elle demande à son papa :
– C'est qui, le monsieur, là ?
– Lui, c'est l'oncle Maurice, il m'emmenait à la pêche, il me faisait toujours rire.

Sur une autre page, il y a un cavalier avec des bottes et un képi. Juliette demande :
– Et lui, qui est-ce ?
– C'est ton arrière-grand-père. Il a été tué le dernier jour de la guerre.
Juliette a entendu parler de la guerre. Elle a même vu à la télé des pays où tout est détruit et où les gens pleurent. Elle trouve que c'est triste que son arrière-grand-père soit mort à la guerre, surtout le dernier jour.

Sur une autre photo, elle voit un homme et une dame dans une voiture rigolote.
Son papa dit :
– C'étaient des voisins. Ils étaient très gentils. Ils ont déménagé dans le Midi. Ils doivent être vieux maintenant.

Juliette découvre un bébé tout nu sur une peau de mouton. Son papa dit :
– C'est moi !
Juliette rit. Elle trouve que c'est difficile de penser que son papa a été un bébé.
Sur une autre page, les photos ont pris des couleurs. Elle découvre des enfants déguisés pour le carnaval : il y a un pirate avec un bandeau sur l'œil, une fée qui tient sa baguette magique et deux grands papillons avec leurs antennes sur la tête et de grandes ailes multicolores.

En tournant la page, elle voit des gens en maillot de bain qui font les fous sur une plage. Et puis il y a elle, Juliette, quand elle était petite. Juliette ne se reconnaît pas vraiment, mais elle sait que ce gros bébé c'est elle, parce que ses parents lui ont souvent dit :
– Là, c'est toi.
Juliette aime bien être dans cet album avec ces gens. Il y en a de toutes sortes, des jeunes, des vieux, des vivants et des morts.
Quand elle arrive à la fin de l'album, son papa lui sourit. Il reste plein de pages pour coller des photos.

181

6 JUIN — En passant près d'un petit bois

En passant près d'un petit bois
Où le coucou chantait (*bis*),
Et dans son joli chant disait :
– Coucou, coucou (*bis*)
Et moi qui croyais qu'il disait :
– Coupe-lui le cou ! (*bis*)

Refrain
Et moi de m'en cou, cou, cou
Et moi de m'en courir.
Et moi de m'en cou, cou, cou
Et moi de m'en courir.

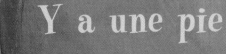

7 JUIN — Y a une pie

Y a une pie dans l'poirier
J'entends la pie qui chante.
Y a une pie dans l'poirier,
J'entends la pie chanter.
J'entends, j'entends,
J'entends la pie qui chante,
J'entends, j'entends,
J'entends la pie chanter.

8 JUIN — Un pou, une puce

Un pou, une puce
assis sur un tabouret,
jouaient aux cartes,
la puce perdait.
La puce en colère,
attrapa le pou, pou, pou,
le jeta par terre,
lui tordit le cou.
Madame la puce, qu'avez-vous fait là, là, là ?
J'ai commis un crime, un assassinat.

9 JUIN

Pour faire semblant
de parler une autre langue

Tes laitues naissent-elles ?
Yes, mes laitues naissent.
Si tes laitues naissent,
Mes laitues naîtront.

Volière en musique

Pour imiter les oiseaux

Le pinson :
– Rotototio batisse treuite
La mésange serrurière :
– Dis, dis oui ! Dis, dis oui !
Le rossignol :
– La vigne au mois de mai
Pousse, pousse, pousse
Vit' vit' vit' vit' vit' vit' vit' !
Le coq :
– Coquelico, j'ai mal au dos !
Quiquiriqui !
Le coq petit !
Cocorico !
Le coq plus gros !
Le pigeon :
– Courou ! Roucou !
Le merle :
– Loriot, loriot
Mange la cerise
Jette le noyau !

Sagesse

Paul Verlaine

Le ciel est, par-dessus le toit,
Si bleu, si calme !
Un arbre, par-dessus le toit,
Berce sa palme.

La cloche, dans le ciel qu'on voit,
Doucement tinte.
Un oiseau sur l'arbre qu'on voit,
Chante sa plainte…

La sauterelle

Robert Desnos

Saute, saute, sauterelle,
car c'est aujourd'hui jeudi.
– Je sauterai, nous dit-elle,
du lundi au samedi.

Saute, saute, sauterelle,
à travers tout le quartier.
Sautez donc, mademoiselle,
puisque c'est votre métier.

La famille Tortue

L. R. Brice

Jamais on n'a vu
jamais on ne verra
la famille Tortue
courir après les rats
le papa Tortue
et la maman Tortue
et les enfants Tortue
iront toujours au pas

14 JUIN

On (re)trouve tout au grand magasin

Véronique Mazière

Ce matin, maman a voulu s'acheter une robe, une robe de vacances. Je l'ai accompagnée, avec ma grande sœur Léa.

Nous avons promis d'être sages, mais maman nous connaît bien. Dès notre arrivée dans le grand magasin, elle nous a montré un beau soleil en carton doré accroché au plafond et nous a dit :

« Léa et Sylvain, écoutez-moi bien : si vous êtes perdus, rendez-vous sous le soleil.

– À vos ordres chef », avons-nous répondu, et nous l'avons aidée à chercher sa robe.

« Trop court, trop doré, non, pas de franges, pas de dentelles non plus. » Maman est terriblement difficile et, au bout d'une heure, nous avons décidé de jouer tout seuls.

Léa m'a dit :

« Sylvain, tu fais le chien, et moi, je fais le chat. »

J'adore être un chien, je grogne, j'aboie. On s'amusait bien mais maman nous a fait les gros yeux. On a compris que ce jeu ne lui plaisait pas, alors on a changé. C'est bien aussi de faire le crocodile, mais quand j'ai attrapé le pied d'une dame, maman s'est fâchée tout rouge.

« Arrêtez tout de suite et restez tranquilles, sinon... »

Il valait mieux se calmer un peu. Dans les cabines d'essayage, j'ai ramassé plein d'épingles avec Léa. Nous les avons fièrement apportées à la dame du rayon qui nous a regardés d'un drôle d'air.

« Venez ici, a dit maman d'un ton un peu fatigué. J'ai apporté des livres pour vous. Installez-vous sagement dans un petit coin. » Les livres étaient supers, des histoires d'animaux que Léa m'a lues. Le rayon des vêtements est redevenu calme et maman a enfin trouvé sa robe.

« J'ai fini, vous venez avec moi à la caisse ?
– Non merci, avons-nous répondu sans lever la tête. On est bien ici, on t'attend. »

Maman est partie payer. L'ennui, c'est qu'il y avait la queue et que ça a duré très très longtemps.

Quand maman est revenue, elle ne nous a pas trouvés. Elle a regardé partout, espérant voir nos pieds sous les vêtements. « Je crois qu'ils sont partis par là », a dit une dame. Maman a foncé dans les allées mais nous étions invisibles. Elle est allée à l'étage au-dessus, à l'étage au-dessous, toujours rien. C'est là que maman s'est souvenu du soleil, elle a couru voir si nous étions dessous, mais non, personne.

Elle commençait à être vraiment inquiète quand elle a entendu : « Léa et Sylvain attendent leur maman à l'accueil. »

Aussitôt, elle est arrivée, essoufflée, et nous a pris dans ses bras. « J'avais si peur que vous soyez perdus, mes chéris.

– Mais, c'est toi qui étais perdue, maman, nous étions sous le soleil depuis des heures.
– Moi aussi, a répondu maman, étonnée.
– Excusez-moi, a glissé le monsieur de l'accueil, mais en fait, il y a deux soleils dans le magasin : celui des bijoux et celui des foulards, de l'autre côté.
– Tout s'explique, a dit maman. La prochaine fois...
– La prochaine fois, a répondu Léa, tu iras acheter ta robe et nous, on t'attendra tranquillement à la maison. »

185

Les commissions

Annie M. G. Schmidt

« Robinson ! Écoute, Robinson !
Veux-tu faire une commission ?
Aller chez monsieur Grizzli,
acheter une botte de radis ?
– Je veux bien », répond l'ourson,
le gentil petit Robinson.

Robinson va avec sa bourse,
chez le marchand des petits ours.
Le voilà devant le magasin.
La clochette fait drelin-drelin.

« Bien le bonjour, monsieur Grizzli.
Je viens acheter des radis.
En avez-vous des rouges, des blancs ?
Est-ce qu'ils sont frais ? Pas trop piquants ? »

Et monsieur Grizzli marmonne :
« Heureux de te voir mon bonhomme !
Bien sûr que j'ai des radis,
bons pour la santé, bon marché,
délicieux à croquer au printemps.
Et ils ne coûtent que six francs.
– Alors, je peux les payer !
Au revoir, monsieur l'épicier. »
La clochette fait drelin-drelin.
Robinson sort du magasin.

Il s'en retourne en sifflotant,
mord dans un radis
à pleines dents
et s'arrête ensuite un instant
pour en grignoter un bien blanc,
mais il est un peu trop piquant.
Cet autre est plus doux et
tout rouge.
Et celui-ci encore plus rouge !
Arrête, arrête petit ours !
Tu vas sûrement te faire gronder.
Mais il mange tout sans y penser.
C'est si bon des radis tout frais !

Quand il arrive à la maison,
il n'y a plus de radis ronds,
ni de rouges, ni même de blancs,
et papa Ours n'est pas content :
« Où as-tu la tête Robinson ?
Tu es vraiment trop gourmand ! »

Délices du jardin

16 JUIN

Dans le jardin,
tu trouveras :
des tomates, des courgettes, de la salade,
un concombre, des haricots, une botte de radis,
de la pastèque, un melon, un pêcher, un cerisier,
des fraises, quelques feuilles de menthe et du basilic.

187

17 JUIN

Les surprises de Tom

Laurence Kleinberger

Tom est très embêté :
c'est l'anniversaire de papa et il n'a pas
de cadeau à lui donner…

Il va fouiller dans ses affaires à la
recherche d'une surprise pour son père.
La voiture des pompiers ?
Non, elle est un peu cassée.
Le vieux canard en plastique ?
Pas assez chic.
La lampe de poche ?
Elle est trop moche.
Tiens, tiens, la coiffe d'Indien !
Tom en arrache une plume et
la tient bien serrée dans sa main.

Maintenant, Tom tourne en rond
dans le salon.
Il trouve un livre avec beaucoup de pages.
Mais c'est triste, il n'y a pas d'images…
Le beau vase chinois ?
Non, ça ne plairait pas à papa !
Et soudain, en regardant sur le piano,
Tom trouve exactement ce qu'il lui faut :
une photo de Tom et maman, dans
un beau cadre blanc. Tom la glisse dans
son blouson et sort de la maison.

Tout au fond du jardin, il y a
de belles fraises…
Tom en mange une, puis deux,
puis seize !
Il cherche ensuite un beau caillou.
Mais ils sont trop petits et pas assez doux !
Alors, Tom rentre chez lui et il crie :
– Bon anniversaire, papa.
J'ai trois surprises pour toi !
D'abord une plume pour
te chatouiller sous les bras.
Et puis une photo de maman et moi
pour nous avoir toujours avec toi.
Et même un bisou à la fraise des bois.
Et ça, c'est juste pour toi…

Le temps des cerises

Paroles : Jean-Baptiste Clément
Musique : Renard

Quand nous chanterons le temps des cerises
Et gai rossignol, et merle moqueur
Seront tous en fête,
Les belles auront la folie en tête
Et les amoureux, du soleil au cœur.

Mais il est bien court le temps des cerises
Où l'on s'en va deux cueillir en rêvant
Des pendants d'oreilles
Cerises d'amour aux robes pareilles
Tombant sous la feuille en gouttes de sang
Mais il est bien court le temps des cerises
Pendants de corail qu'on cueille en rêvant.

La fourmi m'a piqué la main

Comptine à mimer

La fourmi m'a piqué la main
La coquine, la coquine
La fourmi m'a piqué la main
La coquine, elle avait faim
Miam !

L'empereur et le petit prince

? Ronde marchée

Lundi matin
L'empereur, sa femme et le petit prince
Sont venus chez moi
Pour me serrer la pince
Mais comme j'étais parti
Le petit prince a dit :
Puisque c'est ainsi
Nous reviendrons mardi.

42

Mardi matin…

Et ainsi de suite pour tous les jours de la semaine.

21 JUIN

Cymbales, guimbardes et violoncelles

Fred Bernard

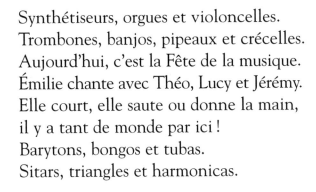

Pianos, violons et clarinettes.
Cymbales, tambours et castagnettes.
Aujourd'hui, c'est la Fête de la musique.
Émilie s'est levée tôt.
Oncles, tantes, cousins,
trucmuche et compagnie,
tout le monde est de sortie.
Pourvu qu'il n'y ait pas de pluie ;
au cas où, on prend les parapluies.
Guitares, batteries et saxophones.
Trompettes, flûtes, cors et xylophones.

Contrebasses, guimbardes et clairons.
Hautbois, grosses caisses et bassons.
Aujourd'hui, c'est la Fête de la musique.
Les rues sont remplies de monde
    et de musique.
On écoute, on danse et on s'amuse.
La famille déambule et visite les cafés
    sympathiques.
Luths, lyres, olifants et tympanons.
Mandolines, cornemuses et accordéons.

Synthétiseurs, orgues et violoncelles.
Trombones, banjos, pipeaux et crécelles.
Aujourd'hui, c'est la Fête de la musique.
Émilie chante avec Théo, Lucy et Jérémy.
Elle court, elle saute ou donne la main,
il y a tant de monde par ici !
Barytons, bongos et tubas.
Sitars, triangles et harmonicas.

Verres, louches et assiettes.
Cuillères, couteaux et fourchettes.
Aujourd'hui, c'est la Fête de la musique.
Émilie somnole, blottie dans le creux d'un
divan, bercée par les cliquetis du repas.
Ensuite, ses parents la porteront
du divan à la voiture,
de la voiture au lit.
Et dans ses rêves chanteront
encore longtemps la Fête de la
musique et tous ses instruments.

Cache-cache Robinson

Annie M. G. Schmidt

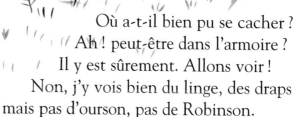

Où est donc passé Robinson ?
Serait-il au fond du jardin,
en train de faire des pâtés
de sable au bord du bassin ?

Non, nous avons déjà regardé !
Se cache-t-il dans le marronnier ?
Maman et papa, affolés,
vont et viennent de tous les côtés,
de la maison à la clôture…
Robinson a disparu, c'est sûr !

Où a-t-il bien pu se cacher ?
Ah ! peut-être dans l'armoire ?
Il y est sûrement. Allons voir !
Non, j'y vois bien du linge, des draps
mais pas d'ourson, pas de Robinson.

Une araignée sur le plancher

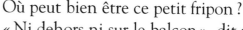

Sur le plancher, une araignée
Se tricotait des bottes.

Dans un flacon, un limaçon
Enfilait sa culotte.

J'aperçois au ciel
Une mouche à miel
Pinçant sa guitare.

Les rats tout confus
Sonnaient l'angélus
Au son de la fanfare.

Où peut bien être ce petit fripon ?
« Ni dehors ni sur le balcon », dit papa.
« Cette fois, je donne ma langue au chat »,
murmure maman Ours, tout bas.

Il est l'heure de se mettre à table.
« Allons ! viens vite, petit diable ! »
« Qu'allons-nous devenir sans lui ?
Où est-il ? Il fait presque nuit. »

Et ils ouvrent tous les tiroirs.
Où est-il donc ? Quelle histoire !
Tiens, il est là, sous sa couchette,
Robinson avec sa casquette !

« Coucou, dit-il, me voilà !
– Vilain garçon ! dit papa.
– Tu sais, tu nous as fait bien peur.
Surtout, ne recommence pas. »
Et il embrasse sur le front
Robinson, son petit ourson.

191

Le soleil et la lune

Paroles : Charles Trenet
Musique : Charles Trenet et Albert Lasry

Sur le toit de l'hôtel où je vis avec toi
Quand j'attends ta venue mon amie
Que la nuit fait chanter plus fort
et mieux que moi
Tous les chats tous les chats tous les chats
Que dit-on sur les toits
que répètent les voix
De ces chats de ces chats qui s'ennuient
Des chansons que je sais que je traduis pour toi
Les voici les voici les voilà

Refrain
Le soleil a rendez-vous avec la lune
Mais la lune n'est pas là et le soleil l'attend
Ici-bas souvent chacun pour sa chacune
Doit en faire autant
La lune est là, la lune est là,
La lune est là mais le soleil ne la voit pas
Pour la trouver il faut la nuit
Il faut la nuit mais le soleil ne le sait pas
et toujours luit
Le soleil a rendez-vous avec la lune
Mais la lune n'est pas là et le soleil l'attend
Papa dit qu'il a vu ça lui...

24 JUIN

Des savants avertis par la pluie et le vent
Annonçaient un jour la fin du monde
Les journaux commentaient en termes émouvants
Les avis les aveux des savants
Bien des gens affolés demandaient aux agents
Si le monde était pris dans la ronde
C'est alors que docteurs savants et professeurs
Entonnèrent *subito* tous en chœur

Refrain

Philosophes écoutez cette phrase est pour vous
Le bonheur est un astre volage
Qui s'enfuit à l'appel de bien des rendez-vous
Il s'efface il se meurt devant nous
Quand on croit qu'il est loin il est là tout près de vous
Il voyage il voyage il voyage
Puis il part il revient il s'en va n'importe où
Cherchez-le il est un peu partout…

Une fête tout en couleurs

Olivier de Vleeschouwer

Pour la fête de l'école, on a repeint l'école en bleu et la maîtresse en vert.

C'était très rigolo.

– Et le directeur, il faut le peindre aussi ! a crié Lucie.

Alors, on a repeint le directeur.

On a choisi de belles couleurs de directeur, bien brillantes et tout, qu'on verrait jusqu'à Tombouctou. Le directeur était ravi de son costume de perroquet. Le directeur est très coquet. Un coquet rond comme un radis. On l'a planté devant l'école, au pied du grand sens interdit. Il nous a dit mille fois merci, après quoi, il a fleuri.

– C'est bien la première fois qu'on voit un directeur fleurir ! notaient les passants.

Mais les passants passaient seulement, comme font tous les passants.

Et plus les passants passaient, plus le directeur fleurissait. C'était ravissant !

Enfin, les parents sont arrivés. Ils ont vu l'école bleue et la maîtresse toute verte.

Ils ont dit : « C'est étonnant ! »

– Mais où est donc le directeur ? a demandé une maman, plus pointue qu'un salsifis.

– Au pied du grand sens interdit ! a déclaré Lucie.

Et toutes les têtes se sont tournées en même temps. Les fleurs du directeur allaient jusqu'au ciel.

– Juste ciel ! ont crié les parents.

Et puis ils sont partis.

À la fête de l'école, tous les rêves sont permis.

194

Un, deux, trois, nous irons au bois

Un, deux, trois,
Nous irons au bois
Quatre, cinq, six,
Cueillir des cerises
Sept, huit, neuf,
Dans mon panier neuf
Dix, onze, douze,
Elles seront toutes rouges

Le petit pois-plume

Anne-Lise Fontan

Le petit pois a le cœur lourd
il se verrait plus aérien.

Être haricot tout en minceur
ou pissenlit, grand voyageur.

Ah ! s'envoler éolien,
et sur la lune
faire un petit tour.

Roman

Arthur Rimbaud

Les tilleuls sentent bon dans les bons soirs de juin !
L'air est parfois si doux, qu'on ferme la paupière ;
Le vent chargé de bruits – la ville n'est pas loin –,
A des parfums de vigne et des parfums de bière…

Gai, gai, l'écolier

Gai, gai, l'écolier,
C'est demain les vacances.
Gai, gai, l'écolier,
C'est demain que je partirai.
Adieu les pommes de terre,
Les haricots pourris.
Je m'en vais chez mon père
Manger du bon rôti.

Le vélo du président

Christine Beigel

Savez-vous ce qui s'est passé ?
Le président a décidé que nous allions tous
nous déplacer à vélo :
– Mesdames, mesdemoiselles, messieurs, mesanimaux,
il y en a assez d'être pressés, collés,
entassés dans le métro et d'avoir trop chaud ;
il faut arrêter de rouler en auto, de salir et de polluer
les champs et les prés, et vive les centres aérés !

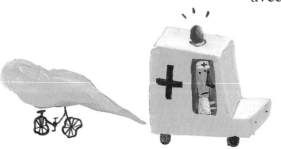

Et pour montrer l'exemple à la société,
le président est monté sur un vélo
avec une roue devant et une roue derrière,
un vrai de vrai de vrai sans petites roues à l'arrière.
Mais l'affaire s'est compliquée quand il a dû pédaler
pour avancer. Le président très maladroit est tombé
comme un œuf sur le plat et sploch ! et crac !
il s'est cassé le dos.
C'en fut fini de sa fameuse révolution du vélo.

196

C'est les vacances !

2 JUILLET

Au lit en été

Robert Louis Stevenson

L'hiver, je me lève, il fait nuit
Et je m'habille à la bougie.
En été, c'est tout le contraire :
Quand je vais au lit il fait clair.

Je vais au lit ; mais au-dehors
Les oiseaux sautillent encore.
Et dans la rue, en bas, j'entends
La marche insouciante des grands.

Or, ne trouvez-vous pas trop bête
De devoir déjà se coucher
Quand tout le ciel bleu est en fête
Et que j'aimerais m'amuser ?

Le cirque Magic'

Edith Soonckindt

Petit Louis est ravi ! Il a reçu une invitation pour le cirque Magic' qui tombe à pic ! Il ira voir les lions, les éléphants, les otaries, oui, oui, oui ! Aussi le magicien trop malin, l'écuyère très légère et le clown blanc si triste qu'il en est marrant.

Petit Louis en rêve jour et nuit, il est excité comme un ouistiti. Aussi le lendemain en parle-t-il à la récré avec Barnabé. Barnabé aimerait bien partager sa joie. Sauf qu'il ne peut pas, pas vraiment. Parce que lui, personne ne l'a invité et il n'a pas assez de sous dans sa tirelire pour s'acheter un billet. Ça le rend tout tristounet.
C'est contagieux, la tristesse d'un ami, et du coup, Petit Louis est triste aussi. C'est pourquoi il offre son billet à Barnabé. Après tout, le cirque, il y a déjà été au moins une fois l'été dernier.

Puis Petit Louis se dit : « Ce qui est encore mieux, c'est tout de même de partager un plaisir à deux ! »
Ainsi lui vient-il une idée…

Un peu avant le spectacle, il va traîner près des roulottes où se préparent le magicien, l'écuyère et le clown blanc.

« J'ai besoin d'un billet. Vous pourriez m'aider ? » leur demande Petit Louis, poli comme un wapiti.

Mais l'écuyère est pressée, le magicien agité et le clown a perdu son faux nez. Ce n'est vraiment pas le moment de les embêter !
Petit Louis est prêt à renoncer, quand il croise l'équilibriste. Pour l'épater, Petit Louis fait trois roues, deux culbutes et un poirier. Puis un saut périlleux, deux grands écarts et trois roulades. L'équilibriste est tellement impressionné qu'il lance à Petit Louis : « Bravo fiston ! Voilà qui vaut bien une invitation ! Si tu viens me voir au Cirque Magic', tu pourras apprendre plein de nouvelles contorsions ! »

C'est ainsi que Petit Louis et Barnabé, excités comme des furets, ont passé au Cirque Magic' une soirée magnifique dont ils ont reparlé des tas de fois ensuite à la récré. Les lions, les éléphants, les otaries, oui, oui, oui ! Et aussi le magicien trop malin, l'écuyère très légère et le clown blanc si triste qu'il en est marrant. Petit Louis y a aussi appris plein de nouvelles acrobaties qu'il peut montrer fièrement dans la cour de récréation !

Gentil coquelicot

Chanson enchaînée

4 JUILLET

J'ai descendu dans mon jardin (*bis*)
Pour y cueillir du romarin.

Refrain
Gentil coqu'licot, mesdames,
Gentil coqu'licot nouveau.

Pour y cueillir du romarin (*bis*)
J'en avais pas cueilli trois brins.

Refrain

Qu'un rossignol vint sur ma main.

Il me dit trois mots en latin.

Que les hommes ne valent rien.

Et les garçons encore bien moins.

Des dames il ne me dit rien.

Des demoiselles beaucoup de bien.

L'épouvantail

Taigi

5 JUILLET

Le vent l'a abattu
Je l'ai redressé.
Le vent l'a fait tomber
L'épouvantail.

Trois petits chats

6 JUILLET

Trois petits chats, cha, cha
   Chapeau de paille, paille, paille
Paillasson, son, son
   Somnambule, bule, bule
Bulletin, tin, tin,
   Tintamarre, marre, marre
Marathon, ton, ton
   Tonton Jules, Jules, Jules
Jules César, zar, zar
   Z'haricots, co, co
Cocotier, tié, tié
   Tierce à trois, trois, trois
Trois petits chats, cha, cha…

Le roi des papillons

Un deux trois
Le roi des papillons
En faisant sa barbe
S'est coupé le menton.
Il a dit
Qu'il ferait un bon café ;
Le café
Était trop salé.
Il l'a pris
Et l'a mis de côté.

7 JUILLET

Les rainettes

8 JUILLET

Chantez, les rainettes,
car voici la nuit qui vient,
la nuit on les entend bien.
Crapauds et grenouilles,
écoutez mon merle
et ma pie qui parlent,
écoutez toute la journée,
vous apprendrez à chanter.

L'alouette est sur la branche

Chanson à danser

9 JUILLET

L'alouette est sur la branche. (*bis*)

Refrain
Faites un petit saut,
L'alouette, l'alouette,
Faites un petit saut,
L'alouette comme il faut.

Mettez vos bras en liance. (*bis*)

Faites-nous trois pas de danse. (*bis*)

Faites-nous la révérence. (*bis*)

La fille dans le sable

Hubert Ben Kemoun

Si le petit blond d'à côté s'imagine que je n'ai pas compris son manège avec la petite rousse d'en face, il se trompe.

Il fait le fier sous prétexte qu'il a une vraie truelle de maçon et tout plein d'outils, mais franchement, son château, il est nul de chez nul ! Sans exagérer, on dirait une grosse bouse de vache avec ses deux ponts-levis complètement de travers. Depuis que la petite rousse lui a emprunté son râteau de jardinier, il se prend pour le roi. C'est vrai que la rousse, c'est la plus belle de toute la plage, mais s'il suffit d'un râteau miniature en fer pour qu'elle devienne sa copine, moi je ne lui parle plus, à celle-là. En plus, son château de sable à elle, il n'est pas beaucoup mieux que celui de mon voisin. Même pas de tour, juste des murs, et même pas droits. Enfin, c'est mon avis.

Le mien, par contre, commence à bien me plaire. J'ai prévu quatre tours et un donjon au milieu. Très haut et très grand, le donjon. Le problème, c'est que j'ai déjà fait les murailles et les créneaux, et que ça va pas être de la tarte de monter le donjon à la fin. J'aurais dû commencer par le centre et terminer par les côtés. Bon, il suffit de faire attention ! Je suis sûr que j'ai une chance de remporter le gros bateau pneumatique offert au gagnant du concours. Les coquilles de

moules et de couteaux que j'ai récupérées ce matin sont là, dans mon seau. Elles attendent que je les installe sur les murs. Cela fera de superbes fenêtres à mon château. Drôlement originales.

– Dis, tu me donnes un peu de tes coquillages ? C'est la petite rousse en maillot de bain. J'aime drôlement son regard.

– Ben, c'est que j'en ai besoin ! je lui réponds en rougissant.

– Juste un peu, c'est pour faire des fenêtres ! me dit-elle avec un sourire enjôleur.

De toute façon, j'en ai trop.

– Tiens, prends-les, c'est de bon cœur ! Il est bien ton château !

Je verse la moitié de ma cargaison de coquillages dans son seau.

– Merci, t'es sympa ! C'est pas pour moi, c'est pour mon copain Stany, il n'osait pas te les demander ! me répond-elle en tendant son seau avec « mes » coquillages au Stany tout heureux.

– Merci beaucoup ! fait le petit blond en commençant à faire des fenêtres dans sa bouse de vache.

C'est décidé, je déteste cette fille jusqu'à la fin des vacances ! Stany ! C'est nul de chez nul, ce prénom ! J'attaque mon donjon ! J'ai pas intérêt à le rater !

11 JUILLET

Chanson chinoise de l'enfant qui va chercher du bois mort

Claude Roy

Maman ne veut plus m'avoir dans ses jambes,
m'envoya chercher dehors du bois mort.

Sortant de la ville j'ai vu deux grillons
qui se disputaient en langue grillon.

– Je mange à midi un saule pleureur,
disait le premier en jouant du violon.
– Je mange à souper un gros buffle gris,
disait le second en jouant du violon.

Un coq qui passait par là, jabotant,
Vit les deux grillons, toujours disputant.

Mangea le premier, mangea le second.
Se disputeront dans son estomac.

12 JUILLET

Boire un petit coup

Boire un petit coup, c'est agréable,
Boire un petit coup, c'est doux !
Mais il ne faut pas rouler dessous la table,
Boire un petit coup, c'est agréable,
Boire un petit coup, c'est doux.

J'aime le jambon et la saucisse,
J'aime le jambon, c'est bon !
Mais j'aime encore mieux le lait de ma nourrice,
J'aime le jambon et la saucisse,
J'aime le jambon, c'est bon.

Mon abeille

Hélène Riff

13 JUILLET

Mon abeille,
oui, j'ai quitté la maison. J'ai fait une
grosse bêtise ; ton petit pull rayé jaune
et noir, celui des jours de grand miel,
celui que tu adores et dont il n'y a au
monde qu'un seul exemplaire : oublie-
le. Ça s'est passé mardi matin. Je l'ai
mis dans la machine à laver. Il en est
sorti tout rétréci, sans queue ni tête,
foutu-foutu. Je suis parti en Irlande
pour apprendre à tricoter. Je tricote
pour toi, mon abeille. J'apprends tous
ces petits points que tu sais. Il faudra
peut-être six mois, peut-être sept ans. Il
faudra le temps qu'il faudra. J'ai sous le
museau tes mesures, mon exquise. Il y a
une écharpe de mes baisers au porte-
manteau. Sers-toi.
Reste au chaud et patience, et pardon.

Ours.

Juillet

14 JUILLET

C'est la fête !

Trouve dans l'image
– les guirland
– les lampio
– la fanfa
– l'accordé
– la trompet
– la grosse cais
– le drape
– l'estra
– les touris
– les danseu
– le feu d'artifi
– le buf
– les grillac
– Monsieur le ma

Au bord de la mer

Robert Louis Stevenson

15 JUILLET

Au bord de la mer, on m'a donné
Une pelle de bois.
Dans le sable que j'ai creusé,
Mes trous étaient béants comme des tasses.
Dans chaque trou la mer monta
Jusqu'à n'y plus laisser de place.

Trois petits lapins

Sur l'air de « Au clair de la lune »

Au clair de la lune,
trois petits lapins
qui mangeaient des prunes
comme trois petits coquins ;
la pipe à la bouche,
le verre à la main,
ils disaient :
– Mesdames, versez-nous du vin
jusqu'à demain matin.

17 JUILLET

Pour les enfants et pour les raffinés

Max Jacob

[...] Je te donne pour ta fête
Un chapeau couleur noisette
Un petit sac de satin
Pour le tenir à la main
Un parasol en soie blanche
Avec des glands sur le manche
Un habit doré sur tranche
Des souliers couleur orange :
Ne les mets que le dimanche.
Un collier, des bijoux
Tiou ! [...]

16 JUILLET

Le secret de Bernard

Sylvaine Hinglais

Au fond d'un coquillage
bat le tout petit cœur
du bernard-l'ermite
qui fait sa prière
à la nuit
et lui dit un secret
doucement, doucement…
Le vent même n'entend pas
son petit cœur qui bat.

18 JUILLET

207

L'espiègle Ploufinette

Françoise Bobe

Ploufinette est la plus espiègle des grenouilles. Elle est aussi la plus sportive.

Toute la journée, elle bondit de la berge sur son nénuphar, du nénuphar sur la grosse pierre moussue, de la pierre moussue entre les roseaux, des roseaux sur un autre nénuphar !

Ploufinette est une championne du saut. Elle n'est jamais fatiguée. Ni pour faire ses acrobaties… ni pour coasser.

Le vieux crapaud lui dit souvent :

– Ploufinette, tais-toi donc un peu. Mes vieilles oreilles ont besoin de repos.

Ce matin, Ploufinette donne une leçon de gymnastique. Les jeunes grenouilles l'écoutent avec attention :

– Levez vos gambettes. Une, deux. Une, deux. Et maintenant levez les bras.

Soudain, Ploufinette voit un héron se poser à l'autre bout de l'étang. Elle marmonne :

– Voilà une visite que je n'aime guère. La leçon est terminée, mesdemoiselles !

Elle claque dans ses doigts et dans un grand plouf les élèves disparaissent sous les nénuphars.

Ploufinette fait quelques bonds et crie au bel oiseau dangereux :

– Eh l'ami, vous ne trouverez rien à manger ici. Vous perdez votre temps. Allez plutôt voir du côté du grand lac, il y a beaucoup de petits poissons, à ce qu'on dit. Eh, vous m'entendez ?

Le héron ne bouge pas d'une plume.

Le vieux crapaud marmonne :

– Ploufinette, tais-toi et ne reste pas là. Il finira par t'avaler.

Le héron est aussi immobile qu'une statue de pierre. C'est ainsi qu'il chasse. Ploufinette n'a pas peur. Sans le quitter des yeux, elle continue à lui parler.

– Aimez-vous la musique ? Vous pouvez chanter avec moi si vous avez un peu de voix.

Elle prend sa guitare et s'installe sur un grand nénuphar.

Toutes les grenouilles de l'étang passent leur tête à fleur d'eau en riant tout bas. Ploufinette pose son instrument et elle demande au héron :
– Vous n'applaudissez pas ? Vous n'avez pas aimé ? Êtes-vous sourd, monsieur l'échassier ?

Le vieux crapaud grommelle :
– Ploufinette, tais-toi. Ça va mal finir.
Ploufinette chantonne. Soudain, elle se frappe le front :
– J'ai deviné ce que vous attendez ! Comment n'y ai-je pas pensé plus tôt : vous voulez voir la reine du plongeon. Alors regardez !
Aussitôt, elle grimpe sur son plongeoir.

Elle saute d'une jambe sur l'autre, fait une pirouette et plonge. Alors le héron ne fait qu'un seul pas. Un grand !
Il plante son bec au fond puis il écarte ses ailes et s'envole.

Des dizaines de têtes sortent de l'eau. Avec de la tristesse plein les yeux, toutes les grenouilles assistent au départ de celle qu'elles croient au fond du gosier de l'oiseau.

Mais elles sursautent lorsqu'elles entendent Ploufinette annoncer dans leur dos :
– Maintenant, reprenons notre leçon de gymnastique en musique.
Toutes les grenouilles, surprises, applaudissent. Et sur un air de guitare, elles dansent sur leur nénuphar.

Le vieux crapaud hoche la tête :
– À ce jeu-là, on ne gagne pas à chaque fois !
Mais sur sa grosse pierre moussue, il prend sa contrebasse pour saluer l'exploit.

Voici la clé du royaume

Voici la clé du royaume

Dans ce royaume il y a une ville.
Dans cette ville il y a un quartier.

Dans ce quartier il y a une rue.
Dans cette rue il y a une ruelle.

Dans cette ruelle il y a un jardin.
Dans ce jardin il y a une maison.

Dans cette maison il y a une chambre.
Dans cette chambre il y a une table.

Sur cette table il y a un panier.
Dans le panier il y a des fruits.

Des fruits dans le panier.
Le panier sur la table.

La table dans la chambre.
La chambre dans la maison.

La maison dans le jardin.
Le jardin dans la ruelle.

La ruelle dans la rue.
La rue dans le quartier.

Le quartier dans la ville.
La ville dans le royaume.

Et ceci est la clé du royaume.

20 JUILLET

21 JUILLET

La famille Petits Doigts

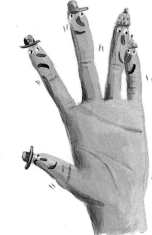

Jeu de doigts
On désigne chaque doigt de la main
en les dépliant l'un après l'autre.

Voici ma main
Le pouce est coquin
L'index est vilain
Le majeur n'a peur de rien
L'annuaire et l'auriculaire
Sont deux petits frères.

22 JUILLET

La chèvre magique

Andrée Chédid

La chèvre magique
A des tiques
Dans l'oreille gauche
Dans l'oreille droite
Et tic et tac
Et gratte et gratte
La chèvre magique
Se détraque.

Do, ré, mi, fa, sol

23 JUILLET

Do, ré, mi, fa, sol, la, si, do,
Gratte-moi la puce que j'ai dans l'dos.
Si tu l'avais grattée plus tôt
Elle ne s'rait pas montée si haut
Dans l'dos.

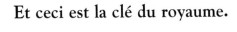

Ce qui me fait fondre

Gérard Bialestowski

Demandez demandez mes glaces
à la vanille au chocolat
à la mer qui brille là-bas
à la pistache à la praline
à la plage que l'on devine

Réclamez réclamez mes glaces
à la fraise à la nougatine
au grand soleil qui vous câline
à la framboise au caramel
à juillet bleu comme le ciel

Exigez exigez mes glaces
au café au citron-cassis
au bel été à ses malices
au marron au miel à la poire
à l'ombre au secret des histoires

Recherchez recherchez mes glaces
à la cerise à la noisette
au chemin des herbes offertes
à l'ananas à l'abricot
aux cris d'enfants que dit l'écho

Désirez désirez mes glaces
à la noix de coco-raisin
au gros livre lu sous les pins
à la menthe au melon au rhum
au mur trop chaud près du vieil orme

Convoitez convoitez mes glaces
au riz soufflé à la cannelle
aux souvenirs des hirondelles
à la banane à la figue
aux bras tirés par la fatigue

Demandez demandez mes glaces
à la mirabelle à la mangue
aux châteaux de sable en disgrâce
au goût de bonheur sur la langue

La sardine est sur le gril

La sardine est sur le gril
Tournons-la
Virons-la
Petit bonhomme ôte-toi de là

211

Mes trésors

Sylviane Degunst

J'adore ma mère. Sauf quand elle a décidé de ranger ma chambre. Heureusement, comme elle a horreur de faire le ménage, c'est rare. Mais lorsque j'entends : « Misère de misère, on ne peut plus mettre un pied, ici ! », je sais à quoi m'en tenir. Je cache vite fait mon butin. Non, je ne veux pas dire mon argent, je n'ai que quelques pièces que papa me donne quand il rentre de voyage. Non, je cache mes trésors !

Ah, mes plumes ! J'en ai toute une collection. De toutes les couleurs et de toutes les tailles. J'ai même des plumes de paon aussi hautes que moi ! Mais celles que je préfère proviennent d'un oiseau très rare.

Il vient parfois sur mon appui de fenêtre. L'autre matin, il en a déposé trois, en croix. C'est sûrement un message. Souvent, je fais une exposition dans ma chambre pour moi toute seule. Je ferme la porte, c'est plus sûr ! Et là, bien tranquille, j'installe mes objets fétiches sur la moquette. Mais attention, pas n'importe comment. Par exemple, je dispose les coquillages en spirale, les cailloux en losange, les clés en rond (j'en ai cinquante-deux ! Dont une magique, la clé des rêves, il faut la tourner juste derrière l'oreille gauche.

Dans le bon sens, sinon, on fait des cauchemars). Tiens, ça me donne envie de te montrer mes agates ! Je suis sûre que tu en as aussi, mais moi, j'en ai deux qui viennent de mon grand-père quand il était petit.
On dirait des yeux de panthère, et comme il a vécu en Afrique, je me demande si... Pas question de les échanger à la récré en tout cas ! Tout cela reste entre nous, mais dans une boîte en bois dorée qui vient de Russie, je garde des pierres précieuses ! Je te vois sourire, mais ce sont des vraies. Pas des cailloux, les cailloux c'est autre chose. J'en fais la collection aussi, mais seulement des cailloux en forme de cœur. Ce sont des cœurs de Lilliputiens grâce auxquels on apprend très vite les chansons par cœur ! Dans l'ourlet de mes rideaux, j'ai caché des choses. Pourvu que maman ne les lave jamais ! Je t'en montre juste une à laquelle je tiens très fort : un fossile, mais attention, un du désert d'Algérie, c'est ma tante qui l'a trouvé, un fossile de scorpion !

Ah oui, entre les pages de mon livre *Le Magicien d'Oz*, je garde précieusement le ticket de mon voyage en montgolfière avec papa et un billet gagnant pour une croisière en Australie ! En goélette. Même qu'elle est dessinée dessus !

« Charlotte ! Tu m'ouvres, oui ou non ? Je compte jusqu'à trois. Un... » Maman s'énerve de l'autre côté de la porte.
Pendant qu'elle s'impatiente, j'en profite pour ranger dare-dare. Elle a mis son aspirateur géant en marche, il a un moteur d'avion supersonique. Il avale tout ce qui traîne. Malheur !
« Deux... Trois ! » J'ouvre. Ouf ! c'est impeccable !
Ah oui, j'ai aussi une poche secrète dans un habit, mais je ne peux rien dire.
Inutile d'insister.

Il était un petit navire

27 JUILLET

Il était un petit navire *(bis)*
Qui n'avait ja-ja-jamais navigué. *(bis)*
Ohé, ohé !

Refrain
Ohé, ohé, matelot,
Matelot navigue sur les flots. } *bis*

Il entreprit un long voyage *(bis)*
Sur la mer Mé-Mé-Méditerranée. *(bis)*
Ohé, ohé !

Au bout de cinq à six semaines, *(bis)*
Les vivres vin-vin-vinrent à manquer. *(bis)*
Ohé, ohé !

On tira à la courte paille *(bis)*
Pour savoir qui-qui-qui serait mangé. *(bis)*
Ohé, ohé !

Le sort tomba sur le plus jeune *(bis)*
C'est donc lui qui-qui-qui fut désigné. *(bis)*
Ohé, ohé !

On cherche alors à quelle sauce *(bis)*
Le pauvre enfant-fant-fant serait mangé. *(bis)*
Ohé, ohé !

Il fait au ciel une prière *(bis)*
Interrogeant-geant-geant l'immensité. *(bis)*
Ohé, ohé !

Au même instant un grand miracle *(bis)*
Pour l'enfant fut-fut-fut réalisé. *(bis)*
Ohé, ohé !

Des p'tits poissons dans le navire *(bis)*
Sautèrent par-par-par et par milliers. *(bis)*
Ohé, ohé !

On les prit, on les mit à frire *(bis)*
Le jeune mou-mou-mousse fut sauvé. *(bis)*
Ohé, ohé !

Si cette histoire vous amuse *(bis)*
Nous allons la-la-la recommencer. *(bis)*
Ohé, ohé !

En grimpant au plus gros

28 JUI...

Jeu de doigts

Main gauche, doigts écartés. Avec l'index de la main droite monter au sommet du pouce, redescendre de l'autre côté, et ainsi de suite. Enfin, monter sur l'auriculaire et jeter les mains en l'air !

En grimpant au plus gros
J'ai eu mal au dos
En grimpant au plus pointu
Je n'ai rien vu
En grimpant au plus grand
J'ai perdu mes gants
En grimpant au plus beau
J'ai eu trop chaud
En grimpant au plus petit
Je me suis dit : « Ça suffit ! »

Quand trois poules vont aux champs

Quand trois poules vont aux champs,
La première va devant,
La deuxième suit la première,
La troisième va derrière.
Quand trois poules vont aux champs,
La première va devant.

Le lézard

Lézard, lézard,
Protège-moi des serpents,
Quand je passerai à la maison
Je te donnerai un grain de sel.

À l'ombre de l'été

Pascale Estellon

Malheur de malheur, il est deux heures !
Ils vont peut-être oublier, ne pas y penser…
Quelle peste, c'est encore l'heure
de la sieste !
Même pas le temps de finir mon assiette,
on me dit : « Allez, au dodo ! »
Même pas le temps de protester,
il faut y aller, et *illico presto* !
Même pas le temps de jouer, on me dit :
« Vite, au lit ! »
Pas la peine de taper des pieds, il faut aller
se coucher.
C'est pas drôle d'être petit…
Mais ma chambre bleue est bien jolie,
et il fait si chaud cet après-midi…
Maintenant il n'y a presque plus de bruit.
Les volets entrebâillés arrêtent le soleil.
Hum… ça sent bon le figuier et le miel ;

dehors c'est un four, dedans c'est tout frais ;
un petit souffle d'air me caresse de la tête
aux pieds.
C'est si doux, l'ombre de l'été…
Je commence à bâiller ; je ferme les yeux
et je pense au goûter.
Tout à l'heure à quatre heures,
à moi les beaux abricots et les gâteaux
à la noix de coco ! Les glaces à l'eau
et les verres de sirop !
Finalement, je suis bien dans mon lit,
avec mon doudou
contre ma joue.
Et je me dis :
« Que c'est bien d'être petit. »

215

C'est encore les vacances !

Devinette pour les cornichons

Michel Piquemal

– Il est très grand !
– Est-ce un géant ?
– Et très costaud !
– Est-ce un robot ?
– Ses joues te piquent !
– Un porc-épic ?
– Ses bras te serrent !
– Une panthère ?
– Il est très fort !
– L'alligator ?
– Et très malin !
– Est-ce un Martien ?
– Mais non, voyons, grand cornichon !
Ce monsieur-là, c'est ton papa !

Maman, les petits bateaux

Refrain
Maman, les petits bateaux
Qui vont sur l'eau
Ont-ils des jambes ?
Mais oui, mon gros bêta,
S'ils n'en avaient pas,
Ils ne marcheraient pas.

Allant droit devant eux,
Ils font le tour du monde,
Mais comme la terre est ronde,
Ils reviennent chez eux.

Quand je demande ça,
On dit que je suis bête
Mais toujours les enfants
Ressemblent à leurs parents.

J'ai trempé mon doigt dans la confiture

René de Obaldia

J'ai trempé mon doigt dans la confiture
Turelure.
Ça sentait les abeilles
Ça sentait les groseilles
Ça sentait le soleil.
J'ai trempé mon doigt dans la confiture
Puis je l'ai sucé,
Comme on suce les joues
de bonne grand-maman
Qui n'a plus mal aux dents

Et qui parle de fées…
Puis je l'ai sucé
Sucé
Mais tellement sucé
Que je l'ai avalé !

Là-haut sur la montagne

5 AOÛT

Là-haut sur la montagne
L'était un vieux chalet ;
Murs blancs, toit de bardeaux,
Devant la porte, un vieux bouleau.
Là-haut sur la montagne
L'était un vieux chalet.

Là-haut sur la montagne
Croula le vieux chalet ;
La neige et les rochers
S'étaient unis pour l'arracher.
Là-haut sur la montagne,
Croula le vieux chalet.

Là-haut sur la montagne
Quand Jean vint au chalet ;
Pleura de tout son cœur
Sur les débris de son bonheur.
Là-haut sur la montagne,
Quand Jean vint au chalet.

Là-haut sur la montagne
L'est un nouveau chalet ;
Car Jean d'un cœur vaillant
L'a rebâti plus beau
qu'avant.
Là-haut sur la montagne,
L'est un nouveau chalet.

Calligrammes

Guillaume Apollinaire

6 AOÛT

Cet
arbrisseau
qui se prépare
à fructifier
Te
res
sem
ble

e
m
u
f
i
q
é
m
u
l
l

UN CIGARE a

La vache

7 AOÛT

Robert Louis Stevenson

La vache rouge et blanche est bien gentille,
C'est de tout mon cœur que je l'aime :
Elle me donne de la crème
À manger avec la tarte aux myrtilles.

Elle va par-ci, par-là en beuglant,
Et ne peut s'égarer pourtant,
Tout à la douceur du plein air,
Offerte aux doux rayons de la lumière.

Enveloppée par tous les vents qui passent
Et trempée par toutes les pluies,
Elle se promène sur l'herbe grasse,
Mange les fleurs de la prairie.

Bestiaire du coquillage

Claude Roy

8 AOÛT

Si tu trouves sur la plage
un très joli coquillage
compose le numéro
OCÉAN O.O.

Et l'oreille à l'appareil
la mer te racontera
dans sa langue des merveilles
que papa te traduira.

9 AOÛT

Pastèque, courgette et compagnie

Françoise Bobe

Mon papi m'a fabriqué
un grand panier d'osier
pour aller au marché.
Toute guillerette,
je fais mes emplettes.

Je voudrais, s'il vous plaît :
une botte de radis
deux têtes de brocolis
un melon qui sent bon
des petits champignons
un beau fenouil
des aubergines pour la ratatouille
des courgettes et de la ciboulette
deux paquets de cacahuètes
deux kilos d'abricots
une noix de coco
un avocat et un ananas
un chou chinois

un artichaut en fleur
et ce beau chou-fleur
des petits pois croquants
deux ou trois piments
des pamplemousses
des pêches bien douces
des olives pour la salade niçoise
une barquette de framboises
trois gousses d'ail
des papayes
cette pastèque dodue
cette belle laitue
deux kilos de cerises
et ces fraises exquises !

À la fin du marché,
le grand panier d'osier,
je ne peux plus le soulever !

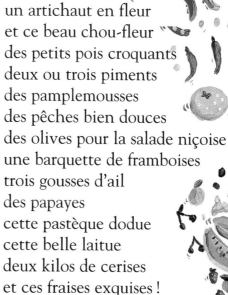

219

Maïs ou Macadam ?

Sylviane Degunst

Tout a commencé par une petite annonce dans *Chats d'aujourd'hui*. « Échange studio en ville contre maison à la campagne pour les vacances d'été. Contactez Macadam au double zéro six. »

Maïs, chat d'un petit bourg, rêvait d'un bon bain de foule. Macadam, chat d'une tour de trente étages, rêvait d'un bon bol d'air. Ils échangèrent donc leurs clés.

– Faites attention aux automobilistes, recommanda Macadam. Ils sont fous !

– Et vous aux vipères, elles sont folles !

Puis, chacun partit vers de nouvelles aventures. Maïs grimpa sur le toit de la tour. « Miawaouh ! » s'exclama-t-il devant le panorama extraordinaire. Il compta les monuments célèbres et les grues, et resta perché jusqu'à ce que la ville s'illumine.

De son côté, Macadam jouait avec les sauterelles et les papillons et goûtait l'herbe tendre sous ses coussinets. Au programme : chat perché dans les cerisiers, chasse au mulot et lait frais. Maïs jouait les touristes dans les musées où l'on *speak english*, avant de rentrer en taxi, *by night*. Ce bonheur dura tout l'été, puis Macadam commença à s'ennuyer. Il s'énervait après les mouches : « Quels pots de colle, ces bestioles ! » Maïs, lui, s'énervait

après les citadins : « Toujours pressés, quel stress ! » La pollution lui défrisait les moustaches et le bruit lui cassait les oreilles. « Trop agité, ici », décida-t-il. « Trop calme, ici », conclut Macadam.

Il était temps de rentrer chez soi…

Hanneton vole !

11 AOÛT

Hanneton, vole, vole, vole,
Ton mari est à l'école ;
Il m'a dit que si tu volais,
  Tu aurais de la soupe au lait ;
  Et que si tu ne volais pas,
  Tu aurais la tête en bas.
  Hanneton, vole, vole, vole,
Hanneton, vole, vole donc !

Sensation

Arthur Rimbaud

12 AOÛT

Par les soirs bleus d'été, j'irai par les sentiers
  Picoté par les blés, fouler l'herbe menue.
  Je laisserai le vent baigner ma tête nue...

13 AOÛT

Ah, les crocodiles !

Un crocodile, s'en allant à la guerre,
Disait au revoir à ses petits-enfants,
Traînant ses pieds, ses pieds dans la poussière
Il s'en allait combattre les éléphants.

Refrain
Ah ! les cro, cro, cro, les cro, cro, cro,
les crocodiles
Sur les bords du Nil, ils sont partis,
n'en parlons plus. *(bis)*

Il fredonnait une marche militaire,
Dont il mâchait les mots à grosses dents,
Quand il ouvrait la gueule tout entière,
On croyait voir ses ennemis dedans.

Il agitait sa grande
  queue à l'arrière,
Comme s'il était
  d'avance triomphant.

Les animaux devant sa mine altière,
Dans les forêts, s'enfuyaient tout tremblants.

Un éléphant parut : et sur la terre
Se prépara ce combat de géants.
Mais près de là, courait une rivière :
Le crocodile s'y jeta subitement.

Et tout rempli d'une crainte salutaire
S'en retourna vers ses petits-enfants.
Notre éléphant, d'une trompe plus fière,
Voulut alors accompagner ce chant.

Août

Sissi s'ennuie

Geneviève Noël

Hop, Sissi souris saute de son lit
Elle crie :

– Aujourd'hui, je vais installe
toutes mes poupées dans le jardin
Puis je me balancerai sur la balan-
çoire, haut, très haut, pour dire
bonjour au soleil.

Mais zut alors, quand Sissi colle son
museau à la fenêtre, elle voit la
pluie tomber, FLIC FLOC, et de gro
nuages gris se promener dans le ciel

– Bouh, j'aime pas la pluie ! pleur
niche Sissi.

Toto, son petit frère, s'approche, un
gros camion serré contre son cœur

– Sissi, viens jouer avec moi !

– Tu es trop petit, grogne Sissi.

Heureusement, maman apparaît en
haut de l'escalier :

– Sissi et Toto, venez vite boire
votre lait au roquefort. Quand vou
aurez terminé de déjeuner, la pluie
sera partie.

Pleine d'espoir, Sissi s'installe dan
la cuisine. Les yeux fermés, elle boi
son lait lentement, doucement.

Ensuite, elle compte UN DEUX TROIS
QUATRE QUATRE TROIS DEUX UN
pour donner à la pluie le temps d
s'en aller. Mais pas de chance !

Quand Sissi rouvre les yeux, la pluie
est toujours là. Un énorme nuag
noir passe devant la fenêtre. Le cœur

serré, Sissi entend la pendule de la cuisine chantonner : « TIC TAC TIC TAC, qu'est-ce qu'on s'embête quand il pleut ! » Une mouche bourdonne : « BZZ BZZ, je m'ennuie ! »

La petite souris devient toute triste. Les yeux pleins de larmes, elle soupire :

– Maman, j'sais pas quoi faire !

Aussitôt, Toto pose son camion sur les genoux de Sissi :

– Si tu joues avec moi, on s'amusera bien !

Furieuse, Sissi jette le camion par terre et ouin, ouin, Toto se met à pleurer.

À cet instant, DRING, DRING, le téléphone se met à sonner. Sissi se précipite. Chic alors ! Elle reconnaît la voix de Proserpine, sa meilleure copine.

– Je m'embête, je sais pas quoi faire, soupire Proserpine.

– Si tu venais jouer chez moi ? On s'amuserait super bien, dit Sissi.

– Je viens ! crie Proserpine.

D'un seul coup, les yeux de Sissi se mettent à briller. Et quand Proserpine arrive, blottie sous un parapluie rouge, elle s'exclame :

– On va jouer à la poupée toutes les deux !

– Je veux jouer aussi ! hurle Toto.

Sissi ouvre la bouche pour dire : « Tu es trop petit », mais Proserpine propose gentiment :

– Tu seras le papa et tu porteras le bébé dans tes bras.

Vite, Sissi, Proserpine et Toto sortent les poupées du coffre à jouets. Ils installent la dînette sur la table.

Ils ont plein de choses à faire, ils sont très occupés. Quand maman souris arrive en disant : « Le soleil est revenu, nous allons tous déjeuner dehors ! », les trois souriceaux s'exclament en même temps :

– Ça alors, on n'a pas vu le temps passer !

Chevaliers de la Table ronde

Chevaliers de la Table ronde
Goûtons voir si le vin est bon } bis

Goûtons voir, oui, oui, oui
Goûtons voir, non, non, non
Goûtons voir si le vin est bon } bis

S'il est bon, s'il est agréable,
J'en boirai jusqu'à mon plaisir } bis

J'en boirai, oui, oui, oui
J'en boirai, non, non, non
J'en boirai jusqu'à mon plaisir } bis

Si je meurs, je veux qu'on m'enterre
dans la cave, où il y a du bon vin }

Dans la cave, oui, oui, oui
Dans la cave, non, non, non
Dans la cave, où il y a du bon vin } bis

Les deux pieds contre la muraille
et la tête sous le robinet } bis

Et la tête, oui, oui, oui
Et la tête, non, non, non
Et la tête sous le robinet } bis

Une journée à la plage

16 AOÛT

Trouve dans cette image :
- les serviettes de bain
- les brassards
- le maître nageur
- le bateau
- le château de sable
- les vagues
- la crème solaire
- les lunettes de soleil
- le cerf-volant
- la planche à voile
- le parasol
- le matelas gonflable
- la pelle
- le râteau
- le seau
- la bouée-canard

225

Marie Margot

Comptine pour désigner

Pêche, pomme, poire, abricot,
y en a une, y en a une ;
pêche, pomme, poire, abricot,
y en a une de trop
qui s'appelle Marie Margot.

Le jardinier

Robert Louis Stevenson

Le vieux jardinier n'aime pas parler,
Sur le gravier il me force à marcher.
Lorsqu'il a enfin rangé ses outils,
Il tourne la clé, l'emporte avec lui.

Il dépasse les groseilliers en rangs
(À la cuisinière ils sont réservés)
Et dans les carrés je le vois bêcher,
Si vieux, si sérieux, si grand.

Il bêche des fleurs, vertes, rouges, bleues,
N'aime pas beaucoup la conversation.
Il bêche les fleurs, taille les buissons,
Mais ne semble pas envier nos jeux.

Pauvre jardinier ! Quand l'été se fane,
L'hiver s'en vient sur la pointe des pieds :
Alors au jardin noir et dénudé,
Il te faut laisser ta brouette en panne.

Tandis que l'été est là de passage,
Pour profiter de ces jours au jardin,
Ne trouverais-tu pas beaucoup plus sage
De faire avec moi la guerre aux Indiens ?

Le melon sent bon

Anne-Lise Fontan

On caresse sa rondeur.
On respire son odeur.
On l'aime nature,
en sorbet, en confiture.
Il est lisse, il est rond,
il sent bon.
C'est un melon.

Rondin rondinette

Rondin rondinette
Allons faire la dînette
Au bord du petit ruisseau
Avec les petits oiseaux
Pis dans l'eau.

226

21 AOÛT

La ruche

Jeu de doigts
On lève les doigts de la main un à un
à la fin de la comptine

Voici la ruche
Mais les abeilles
Où donc sont-elles ?
Elles sont cachées
Tout au fond de la ruche
Elles vont sortir une à une
1, 2, 3, 4, 5.

22 AOÛT

Si tu veux faire mon bonheur

Si tu veux faire mon bonheur,
  Marguerite, Marguerite,
   Si tu veux faire mon bonheur,
    Marguerite, donne-moi ton cœur.

Marguerite me l'a donné,
 Son petit cœur, son petit cœur,
 Marguerite me l'a donné,
  Son petit cœur pour un baiser.

23 AOÛT

Tout luit

Anna de Noailles

Tout luit, tout bleuit, tout bruit.
Le jour est brûlant comme un fruit
que le soleil fendille et cuit.
Chaque petite feuille est chaude
et miroite dans l'air où rôde
comme un parfum de reine-claude.

La pie et le choucas

24 AOÛT

La pie pond sans piper
Pompeux, le paon papote

Le choucas mange des cachous
le pinson, son pain
le pivert, une vipère
et une limace pleine de malice

Aujourd'hui, ça déménage !

Véronique Mazière

C'est les vacances, il fait très chaud et j'aimerais bien aller à la piscine. Mais pas question car, aujourd'hui, nous déménageons. Papa et maman sont très occupés, ils s'agitent en tous sens, les bras pleins de choses à ranger dans les cartons. Il ne faut surtout pas traîner dans leurs pattes.

Moi, je dois être sage et ne pas me faire remarquer du tout.

Je m'ennuie dans ma chambre où je range tranquillement mes affaires. En fait, je dérange un peu ce que maman a rangé.

Elle m'a interdit de toucher aux cartons fermés, mais tant pis, je dois retrouver mes chevaliers et mon livre de dinosaures. J'en ai vraiment besoin. Alors j'ouvre des cartons, je farfouille, voilà mes jouets.

Je les prends et je remets tout en place. Oh ! oh ! j'ai fait une bêtise, je crois : les cartons ne ferment plus. Zut, en plus voilà maman.

« Que se passe-t-il, ici ? Félix, je te demande d'être sage et tu ouvres tous les cartons ! »
Maman a l'air énervée, elle crie et moi je fonds en larmes.
– Je cherchais juste Doudou.
– Doudou ? Je ne l'ai pas mis dans ces cartons, j'en suis sûre. Il doit traîner par ici.
– J'ai cherché partout dans la chambre, maman, il n'est pas là.
Maman réfléchit :
– Je l'ai peut-être mis avec tes vêtements.
Elle ouvre les cartons, fouille partout.

228

Toujours pas de Doudou. Je tape du pied :
– Je ne pars pas d'ici sans mon Doudou.
Maman s'inquiète un peu, elle demande à papa de l'aider. Lui non plus n'a pas vu Doudou. Ils le cherchent dans les autres pièces, mais rien, Doudou reste introuvable. Bientôt le camion va arriver et tout emporter. Je commence vraiment à paniquer. S'il était perdu pour toujours ?

Il faut trouver Doudou, et vite : maman ouvre tous les cartons, les inspecte sans pitié. Rien ne lui échappe.
Chaque carton refermé file dans le couloir avec les autres. Bientôt ma chambre est vide, il ne reste qu'un peu de poussière. C'est un peu triste, surtout sans Doudou.
Nous avons tellement cherché que nous sommes tout rouges. Nous sommes découragés aussi : où est Doudou ?
Maman me console :
« Nous allons le retrouver, tu vas voir, Félix. En attendant, viens boire une limonade bien fraîche. »

Maman entre dans la cuisine en bazar, elle ouvre le frigo, se penche et pousse un cri :
– Doudou ! Qu'est-ce que tu fais là ?
– Je me souviens maintenant, maman ! Je l'ai mis là pour qu'il ait moins chaud avec sa fourrure.
Je vois bien dans ses yeux que la colère n'est pas loin, mais maman est si soulagée d'avoir retrouvé Doudou qu'elle éclate de rire.
Je ris avec elle en serrant mon cher Doudou tout glacé.
On s'en souviendra, de ce déménagement !

Qui a volé la clef des champs ?

Claude Roy

26 AOÛT

Qui a volé la clef des champs ?
La pie voleuse ou le geai bleu ?

Qui a perdu la clef des champs ?
La marmotte ou le hochequeue ?

Qui a trouvé la clef des champs ?
Le lièvre brun ? Le renard roux ?

Qui a gardé la clef des champs ?
Le chat, la belette ou le loup ?

Qui a rangé la clef des champs ?
La couleuvre ou le hérisson ?

Qui a touché la clef des champs ?
La musaraigne ou le pinson ?

Qui a perdu la clef des champs ?
Le porc-épic ? Le renard roux ?

Qui a volé la clef des champs ?
Ce n'est pas moi, ce n'est pas vous

Elle est à personne et partout
La clef des champs, la clef de tout.

Coccinelle

Coccinelle,
Ouvre tes ailes,
Envole-toi de mon doigt,
Il y a le feu chez toi,
Tes enfants se sont enfuis,
Tous sauf un, le plus petit :
Tu le trouveras blotti
Dessous le plat à rôti.

Trois vaches

Sylvaine Hinglais

28 AOÛT

Trois vaches
Sont allées brouter
Dans la Voie lactée

Au matin
Quelle surprise !
Quand la fermière
Vient les traire
De leurs pis
Giclent des étoiles

230

Le hérisson

29 AOÛT

Qu'est-ce qui pique, pique, pique
qu'est-ce qui pique quand on le prend ?

C'est mon hérisson, mesdames,
c'est mon hérisson.

Qu'est-ce qui trotte, trotte, trotte,
dans les allées du jardin ?

C'est mon hérisson…

Qu'est-ce qui croque,
croque, croque,
les insectes et les vers blancs ?

C'est mon hérisson..

Qu'est-ce qui lape
à petits bruits
le lait que je mets pour lui ?

C'est mon hérisson…

Qu'est-ce qui roule,
se met en boule
sous les feuilles du groseillier ?

C'est mon hérisson…

Qu'est-ce qui se cache et s'endort
quand il fait bien froid dehors ?

C'est mon hérisson…

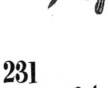

Chaleur

Toun

30 AOÛT

La citrouille grossit
Je maigris
Quelle chaleur !

Les petits poissons

31 AOÛT

Comptine à mimer

Les petits poissons dans l'eau
nagent nagent nagent nagent nagent
les petits poissons dans l'eau
nagent aussi bien que les gros

les petits, les gros
nagent comme il faut
les gros, les petits
nagent bien aussi

Les petits poissons dans l'eau…

231

Index

1, 2, 3, c'est le printemps ! 121
Jacques Duquennoy

1, 2, 3, 4, 5 petits doigts 85

À bas l'eau ! 146
Anne-Lise Fontan

À l'ombre de l'été 215
Pascale Estellon

À la cantine 139
Olivier de Vleeschouwer

À la claire fontaine 160

À la soupe ! 113

À la vanille 74

À la volette ! 155

À quoi ça sert de s'habiller ? 84
Sylvaine Hinglais

Ah, les crocodiles ! 221

Ah ! vous dirai-je, maman 95

Ainsi font, font, font 167

Album de photos (l') 180-181
Patrick Vendamme

Alouette est sur la branche (l') 201

Alphabet du jardin (l') 168
grande image

Am stram gram 87

Âne (l') 132
Francis Jammes
De l'angélus de l'aube à l'angélus du soir
© Éditions Mercure de France

À tes souhaits, Camille ! 45
Jacques Duquennoy

Au bord de la mer 207
Robert Louis Stevenson
Jardin de poèmes pour un enfant
© Éditions Hachette Livre

Au clair de la lune 114

Au feu, les pompiers ! 128

Au lit en été 198
Robert Louis Stevenson
Jardin de poèmes pour un enfant
© Éditions Hachette Livre

Au lit, Chloé ! 24-25
Arnaud Alméras

Au secours, maman Loup ! 90-91
Geneviève Noël

Au supermarché 54
grande image

Aujourd'hui, ça déménage ! 228-229
Véronique Mazière

Auprès de ma blonde 158
Paroles : Joubert

Automne (l') 20
Maurice Carême
La Lanterne magique
© Fondation Maurice Carême,
tous droits réservés

Aux marches du palais 131

Avec mes deux poings fermés 131

Aventure de Zoé l'araignée(l') 10
Marie-Christine Willy

Bal des souris (le) 20

Ballade à la lune 8
Alfred de Musset
Contes d'Espagne et d'Italie

Barbe verte 101
Sylvaine Hinglais

Bateau, ciseau 128

Bébés animaux (les) 130
grande image

Berceuse du petit loir (la) 66
Texte : Simone Ratel
Musique : Jacques Douai
© Éditions Armand Colin

Bestiaire du coquillage 219
Claude Roy
Enfantasques
© Éditions Gallimard

Bobo Léon 162
Paroles et musique : Boby Lapointe
© 1974 Société Nouvelles des Éditions
Musicales Tutti. Droits transférés à Warner
Chappell Music France

Boire un petit coup 204

Bon roi Dagobert (le) 46

Bonheur est dans le pré (le) 163
Paul Fort
Ballades françaises
© Éditions Flammarion, 1967

Bonjour, ma cousine 101

Bonne année, Camille ! 83
Jacques Duquennoy

Boum ! 147
Paroles et musique : Charles Trenet
© Éditions Raoul Breton

Brin de paille 167
Françoise Bobe

Brouillard (le) 107
Maurice Carême
La Lanterne magique
© Fondation Maurice Carême,
tous droits réservés

C'est encore les vacances ! 216
Jacques Duquennoy

C'est encore loin ? 152-153
Patrick Vendamme

C'est la baleine 74

C'est la cloche du vieux manoir 98

C'est la fête ! 206
grande image

C'est la mère Michel 87

C'est la poule grise 154

C'est les vacances ! 197
Jacques Duquennoy

Cache-cache Robinson 191
Annie M. G. Schmidt
Les Comptines de Robinson
© Éditions Albin Michel Jeunesse
(édition originale Em Querido's Uitgeverij)

Cadeau de Camille (le) 64
Jacques Duquennoy

Cadet Rousselle 112

Calligrammes 218
Guillaume Apollinaire
Calligrammes

Cancre (le) 66
Jacques Prévert
Paroles
© Éditions Gallimard

Carillonneur (le) 40

Ce qui me fait fondre 211
Gérard Bialestowski

Chagrin (le) 112
Anne-Lise Fontan

Chaleur 231
Toun
Fourmis sans ombre (le livre du haïku)
Maurice Coyaud
© Éditions Phébus, Paris, 1978

**Chanson chinoise de l'enfant
qui va chercher du bois mort** 204
Claude Roy
La Cour de récréation
© Éditions Gallimard

Chanson de grand-père 34
Victor Hugo
L'Art d'être grand-père

**Chanson pour faire danser
en rond les petits enfants** 166
Victor Hugo
L'Art d'être grand-père

Chanson pour les enfants l'hiver 90
Jacques Prévert
Histoires
© Éditions Gallimard

Chasseurs 58

Chat (le) 55
Charles Baudelaire
extrait de « Le Chat », Les Fleurs du Mal

Chat de Natacha (le) 100

Chat et le lapon (le) 169

**Chaussettes
de l'archiduchesse (les)** 166

Chauve-souris, viens bientôt ! 41

Chère Élise 141

Chevaliers de la Table ronde 224

Chèvre magique (la) 210
Andrée Chédid
Trésor des comptines
© Éditions Bartillat

Chiens et chats 11
Anne-Lise Fontan

Choses du soir 46
Victor Hugo
L'Art d'être grand-père

Cirque Magic' (le) 198-199
Edith Soonckindt

Coccinelle 230

Coccinelle, demoiselle 162
Edmond Rostand

Commissions (les) 186
Annie M. G. Schmidt
Les Comptines de Robinson
© Éditions Albin Michel Jeunesse
(édition originale Em Querido's Uitgeverij)

Compère Guilleri 151

Compère, qu'as-tu vu ? 37

Corbeaux la nuit (les) 53
Françoise Bobe

Cornichons (les) 8
Paroles et musique : J. Booker
Adaptateur : Nino Ferrer
© MCA Music Publishing Inc.
Avec l'aimable autorisation d'Universal
MCA Music Publishing

Couette sur la tête (la) 99
Anne Weiss

Cousine (la) 62
Gérard de Nerval
Odelettes

Crêpe Camille (la) 102
Jacques Duquennoy

**Cymbales, guimbardes
et violoncelles** 190
Fred Bernard

Dame Tartine 28

Dans la forêt, un ouistiti 177

Dans la forêt lointaine 29

Dans la toile d'une araignée 41

Danse des brosses (la) 103
Françoise Bobe

Dans ma famille, je demande… 73
grande image

Dansons la capucine 58

De bon matin 85

De la tête aux pieds 149
grande image

Défilé du carnaval (le) 118
Arnaud Alméras

Délices du jardin 187
grande image

Dessins de Maxime (les) 38-39
Walter Bendix

Devinette pour les cornichons 217
Michel Piquemal

Devinette pour les esquimaux 93
Michel Piquemal

Devinette pour les froussards 115
Fred Bernard

Do ré mi la perdrix 177
Paroles et musique :
Bernard Gatebourse. Notes, rimes et
prénoms © Reproduit avec l'autorisation
des Presses d'Île de France, 54, avenue
Jean-Jaurès 75019 Paris

Do, ré, mi, fa, sol 210

Douce nuit 80

Drôles de zozoos ! 57
Pascale Estellon

Dromadaires (les) 179
Guillaume Apollinaire
Le Bestiaire ou Cortège d'Orphée

**Empereur
et le petit prince (l')** 189

Enfant qui est dans la lune (l') 37
Claude Roy
Enfantasques © Éditions Gallimard

En grimpant au plus gros 214

En passant par la Lorraine 129

**En passant près
d'un petit bois** 182

En pleine forme 107
Jean-Hugues Malineau

En voyage 109

Épouvantail (l') 200
Taigi
Fourmis sans ombre (le livre du haïku)
Maurice Coyaud
© Éditions Phébus, Paris, 1978

Espiègle Ploufinette (l') 208-209
Françoise Bobe

Expédition lunaire 154
Anne-Lise Fontan

**Fais dodo,
Colas mon petit frère** 27

Index

Famille Hoquet (la) 100
Nadine Walter, de Jo & Lo

Famille Petits Doigts (la) 210

Famille Tortue (la) 183
L. R. Brice
75 Chansons, comptines et jeux de doigts
© Éditions Enfance et Musique
renseignements 01 48 10 30 50

Fermier dans son pré (le) 169

Fête à la souris (la) 122

Fille dans le sable (la) 202-203
Hubert Ben Kemoun

Flagada 173
Paroles et musique : Henri Dès
extrait du disque n°3 Flagada, disques
Mary-Josée No. 197 117-2

Fourmi (la) 173
Robert Desnos
Chantefables et Chantefleurs,
Contes et fables de toujours
© Éditions Gründ, Paris

Fourmi m'a piqué
la main (la) 189

Frédéric, tic, tic 93

Frère Jacques 115

Gabi a grandi 47
Sylviane Degunst

Gai, gai, l'écolier 195

Gare aux complices
de la Citrouille ! 44
Fred Bernard

Gâteau de Fanny (le) 119
Pascale Estellon

Gâteau hanté (le) 42-43
Maryse Lamigeon

Gentil coquelicot 200

Girafe (la) 27
Madeleine Ley,

Grand cerf (le) 49

Grand saut (le) 156-157
Arnaud Alméras

Grêlon (le) 128

Gros pouce
a vu un chaton (le) 10

Gugusse 122

Hanneton vole ! 221

Hareng saur (le) 106
Charles Cros
Le Coffret de Santal

Hérisson (le) 231

Il court, il court, le furet 135

Il était un petit navire 214

Il était une bergère 11

Il était une fois 24

Il pleut, il mouille 34

Ils étaient dix 9

J'ai acheté du pain dur 124
Boris Vian
Cantilènes en gelée © Christian Bourgeois
et Cohérie Vian, 1972

J'ai du bon tabac 167

J'ai la fève 85

J'ai trempé mon doigt
dans la confiture 217
René de Obaldia
Innocentines
© Éditions Bernard Grasset

J'ai vu le loup 48

J'aime la galette 85

Jardinier (le) 226
Robert Louis Stevenson
Jardin de poèmes pour un enfant
© Éditions Hachette Livre

Je te tiens
par la barbichette 169

Je vois avec mes yeux 179

Jean Petit qui danse 173

Kiki la cocotte 29

Là-haut sur la montagne 218

Lapin qui a du chagrin (le) 155

Larmes d'oignon 98
Anne-Lise Fontan

Légende de saint Nicolas (la) 67

Lézard (le) 215

Lili chérie 110
Véronique M. Le Normand

Loup, loup, y es-tu ? 17
Nathalie Naud

Lundi au Pays des Souris 172
Edith Soonckindt

Lundi passant par Mardi 158

Ma lettre au père Noël 72
Pascale Estellon

Ma poule 169

Madame Hermine 81
Jean-Hugues Malineau

Maïs ou Macadam ? 220
Sylviane Degunst

Maison de Noémie (la) 41
Odile Lestrohan

Maison que Jack
a bâtie (la) 94

Maison sens
dessus dessous (la) 16
grande image

Maîtresse (la) 22-23
Hélène Riff

Maman 174-175
Olivier de Vleeschouwer

Maman des poissons (la) 176
Paroles et musique : Boby Lapointe
© Éditions Labrador, représentées par
Francis Dreyfus Music

Maman, les petits bateaux 217

Maman tête en l'air 116-117
Laurence Kleinberger

Marche des chapeaux (la) 59
Paroles et musique : Henri Dès
extrait de « La marche des chapeaux »,
disque n°3 Flagada, disques Mary-Josée
N° 197 117-2

Mardi gras 119

Mariages 148
Bruno Gibert

Marie Margot 226

Marie, trempe ton pain 74

Matin d'hiver	103
Guy-Charles Cros	
Avec des mots	
© *Éditions L'Artisan du Livre, Librairie Giraud-Badin*	
Melon sent bon (le)	226
Anne-Lise Fontan	
Mes petites mains tapent	17
Mes trésors	212-213
Sylviane Degunst	
Métiers sur Terre au xxᵉ siècle (les)	35
grande image	
Meunier, tu dors	24
Milo	138
Edith Soonckindt	
Mini Tommie la souris	113
Mirlababi surlababo	95
Victor Hugo	
Mon abeille	205
Hélène Riff	
Mon âne	82
Mon beau sapin	74
Mon front a chaud	65
Mon grand frère	30-31
Véronique M. Le Normand	
Mon meilleur copain	146
Geneviève Noël	
Mon ogre à moi	56
Rolande Causse	
Mon père m'a donné un mari	84
Mon petit jardin	151
Mon petit lapin	36
Monsieur Barthélemy	68-69
Michelle Nikly	
Monsieur Pouce	129
Moutons noirs (les)	98
Guillaume Apollinaire	
Poèmes à Lou	
Musique de chambre	48
Sylvaine Hinglais	

Ne...	14
André Spire,	
Poèmes de Loire	
© *Éditions Bernard Grasset*	
Nino et Cléo	65
Anne Weiss	
Noël des ramasseurs de neige	80
Jacques Prévert	
La pluie et le beau temps	
© *Éditions Gallimard*	
Noïra, la mère Noël	78-79
Rolande Causse	
Nous n'irons plus au bois	27
Nuit des citrouilles (la)	26
Jacques Duquennoy	
Œuf (l')	150
Ogre n'a plus faim (l')	136-137
Sylvie Chausse	
Oh, le joli dessin !	178
Jacques Duquennoy	
Oh, les belles fleurs !	159
Jacques Duquennoy	
Ohé, répondez !	70-71
Françoise Bobe	
Oiseau et la bulle (l')	52
Paroles et musique : Pierre Chêne	
© *Éditions musicales Fleurus*	
On (re)trouve tout au grand magasin	184-185
Véronique Mazière	
Onomatopées	135
Nathalie Naud	
Orage (l')	108
Edith Soonckindt	
Orang-outan et l'œuf (l')	142
Nathalie Naud	
Où va-t-on tontaine ?	132
Sylvaine Hinglais	
Pâquerette	132
Par ici la sortie	60-61
Walter Bendix	

Pastèque, courgette et compagnie	219
Françoise Bobe	
Passe, passera	14
Patatrac mon anorak	87
Paroles et musique : Anne Sylvestre	
Pour aller se promener	
© *Éditions EPM*	
Pauline et le toboggan	145
Françoise Bobe	
Pélican (le)	158
Robert Desnos	
Chantefables et Chantefleurs, Contes et fables de toujours	
© *Éditions Gründ, Paris*	
Pendule (la)	21
René de Obaldia	
Innocentines	
© *Éditions Bernard Grasset*	
Petit cirque sous la pluie	120
Bruno Gibert	
Petit escargot	135
Petit pois-plume (le)	195
Anne-Lise Fontan	
Petit ver tout nu (le)	20
Petites bottines vertes (les)	18-19
Walter Bendix	
Petits artistes au musée (les)	164-165
Bruno Gibert	
Petits poissons (les)	231
Petits voyages dans la journée	133
Anne-Lise Fontan	
Peur de rien	48
Anne-Lise Fontan	
Photo de classe	49
Gérard Bialestowski	
Photo ratée (la)	9
Véronique M. Le Normand	
Pie et le choucas (la)	227
Pie niche haut	106
Pie voleuse (la)	95
Sylvaine Hinglais	

Index

Pirates (les)   15
Paroles et musique : Boris Vian
extrait de « Les Pirates », Textes et chansons
© Éditions Julliard, 1966

Pirouette cacahouète   154

Pluie   21
Robert Louis Stevenson
Jardin de poèmes pour un enfant
© Éditions Hachette Livre

Poésie de la nuit   113
Claude Roy
Poésies
© Éditions Gallimard

Poissons polissons   141
Françoise Bobe

Poisson président (le)   143
Michel Piquemal

Poisson sauté !   140
Jacques Duquennoy

Polar du potager (le)   160
Anne-Lise Fontan

Pomme de reinette
et pomme d'api   11

Pomme et l'escargot (la)   32
Charles Vildrac

Pomme et poire   36
Luc Bérimont
Comptines pour les enfants d'ici
et les canards sauvages
© Le cherche midi éditeur

Potirons et citrouilles   41
Anne-Lise Fontan

Poupée-fée (la)   144
Rolande Causse

Poupoule en chocolat (la)   150
Pascale Estellon

Pour elle aussi,
c'est la rentrée !   12-13
Hubert Ben Kemoun

Pour faire le portrait
d'un oiseau   88-89
Jacques Prévert
Paroles *© Éditions Gallimard*

Pour les enfants
et pour les raffinés   207
Max Jacob
Fragment de « Les œuvres burlesques
et mystiques de frère Matorel », recueilli
dans Saint Matorel
© Éditions Gallimard

Pour lui   77
Hubert Ben Kemoun

Première fois (la)   134
Véronique M. Le Normand

Princesse Julie   96-97
Michelle Nikly

Promenade dans la ville   92
grande image

Promenons-nous
dans les bois   17

Puce a de l'astuce (la)   109
Andrée Chédid
Trésor des comptines
© Éditions Bartillat

Qu'est-ce qui est le plus beurk ?   86
Pierre Coré

Quand j'étais petit   53

Quand on a le hoquet   155

Quand trois poules
vont aux champs   215

Quelle heure est-il ?   76

Qui a volé la clé des champs ?   230
Claude Roy
Farandoles et fariboles
© Succession de l'auteur. Droits réservés

Qui mangea le chocolat ?   151

Qui va à la chasse…   28

Qui veut jouer
avec Romarin ?   104-105
Geneviève Noël

Rabidi bidou   72

Rainettes (les)   201

Rayon de lune (le)   29
Guy de Maupassant
Extrait de « La Chanson du rayon
de lune » Des Vers, 1880

Robinson chez sa mamie   125
Annie M. G. Schmidt
Les Comptines de Robinson
© Éditions Albin Michel Jeunesse
(édition originale Em Querido's Uitgeverij)

Rock-and-roll des gallinacés   139

Rognon, rognon,
gigot de mouton   40

Roi des papillons (le)   201

Roman   195
Arthur Rimbaud
Poésies

Ronde des légumes (la)   55

Ronde du petit lapin (la)   176

Rondin rondinette   226

Ruche (la)   227

Sabot de ma jument (le)   21

Sagesse   p183
Paul Verlaine
Sagesse

Sardine à l'huile   53

Sardine est sur le gril (la)   211

Sauterelle (la)   183
Robert Desnos
Chantefables et Chantefleurs,
Contes et fables de toujours
© Éditions Gründ, Paris

Savez-vous planter
les choux ?   142

Scaphandriers (les)   57
Anne-Lise Fontan

Scions du bois   81

Se canto   177

Secret de Bernard (le)   207
Sylvaine Hinglais

Sensation   221
Arthur Rimbaud
Poésies

Serrés comme des sardines   63
Christine Beigel

Si tu veux faire
mon bonheur   227

Sissi s'ennuie 222-223
Geneviève Noël

Six cent six chaises 131

Soleil et la lune (le) 192-193
Paroles : Charles Trenet. Musique :
Charles Trenet et Albert Lasry
© Éditions Raoul Breton

Sucettes (les) 145

Sur la place du marché 40

Sur le pont d'Avignon 36

Surprise de Zack (la) 75
Edith Soonckindt

Surprises de Tom (les) 188
Laurence Kleinberger

Suzette, Suzon et Josette 76

Tacot de tatie Mado (le) 76
Michel Piquemal

Temps des cerises (le) 189
Paroles : Jean-Baptiste Clément
Musique : Renard

Tes laitues naissent-elles ? 182

Tête à l'envers (la) 21
Sylvaine Hinglais

Tour de ma maison (le) 81

Tourbillon (le) 109
Paroles et musique : Cyrus Rezvani
dit « Bassiak »
© 1962 Société Nouvelle des Éditions
Musicales Tutti. Droits transférés à Warner
Chappell Music France

Tout luit 227
Anna de Noailles
L'ombre des jours

Tout schuss ! 111
grande image

Tralalère et patatras 179
Gérard Bialestowski

Trois petits chats 200

Trois petits lapins 207

Trois petits minous 82

Trois vaches 230
Sylvaine Hinglais

Tuons le coq 93

Tutu de Lulu (le) 33
Laurence Kleinberger

Un anniversaire
vraiment spécial 50-51
Véronique Mazière

Un bœuf gris de la Chine 114
Jules Supervielle
Le Forçat innocent
© Éditions Gallimard

Un canard a dit 122

Un éléphant se balançait 28

Un p'tit truc en plus 68
Pascale Estellon

Un petit bonhomme
au bout du chemin 48

Un petit caneton 163
Fernande Huc

Un petit cochon 124

Un petit poisson
est passé par ici… 72

Un pou, une puce 182

Un, deux, trois,
nous irons au bois 195

Une araignée
sur le plancher 191

Une fête tout en couleur 194
Olivier de Vleeschouwer

Une jeune fille
de quatre-vingt-dix ans 55

Une journée à la plage 225
grande image

Une lettre à mon nom 123
Jean-Hugues Malineau

Une pomme verte 67

Une poule sur un mur 124

Une, pour toi la prune 58

Une soirée pas ordinaire 126-127
Edith Soonckindt

Une souris verte 163

Vache (la) 218
Robert Louis Stevenson
Jardin de poèmes pour un enfant
© Éditions Hachette Livre

Varicelle (la) 59
Arnaud Alméras

Vélo du président (le) 196
Christine Beigel

Vent frais 104

Vive la maîtresse ! 7
Jacques Duquennoy

Voici la clé du royaume 210

Volière en musique 183

Y a un ogre caché
dans mon estomac ! 170-171
Geneviève Noël

Y a une pie 182

Zut alors ! 161
Françoise Bobe

Les virelangues sont tirées de l'album de Jean-Hugues Malineau, paru chez Albin Michel Jeunesse sous le titre *Dix dodus dindons, Le trésor des virelangues*.
Les contrepéteries sont tirées de l'album de Joël Martin, paru chez Albin Michel Jeunesse sous le titre *La vie des mots, l'ami des veaux*.
Les poèmes de Robert Louis Stevenson sont traduits par Jean-Pierre Vallotton.

Nous remercions les auteurs et les éditeurs qui nous ont autorisés à reproduire les textes dont le copyright reste leur entière propriété. Malgrè nos efforts, nous n'avons pu identifier les ayants droits de certains textes, et nous les invitons à prendre contact avec nous, afin de combler ces lacunes.